太陽系時代の終わり

六角光汰
MUSUMI Kota

文芸社文庫

目次

主な登場人物

フィリップ・ハトルストン
ＭＪＳＵ（火星・木星衛星連合）先端科学技術研究所上席研究員。アステロイド・ワンでイシス・プロジェクトの研究に携わっている。

ジェフリー・ワタナベ
イシス・プロジェクトの研究員。フィリップの部下。

サンドラ・コールマン
イシス・プロジェクトの研究員。フィリップの部下。

リュック・ベルトン
先端科学技術研究所所長。アステロイド・ワンの責任者。

レスター・プラウズ
ＭＪＳＵ情報運用本部長官。ＧＬＣ（地球連合）出身。

マイケル・ベック
アステロイド・ワンのレスキュー隊隊長。

クリストフ・アッカーソン
アステロイド・ワンの警備隊隊長。

レオ・ポートマン
木星周回軌道のレスキュー隊のキャプテン。

ウィル・タケモト
レスキュー隊隊員で、レオ・ポートマンの部下。

リディア・オルストン
レスキュー隊隊員で、レオ・ポートマンの部下。

フレデリック・アグニュー
宇宙考古学センターの所長であり、フィリップの盟友。

レスター
アンセスターの遺伝子から生まれたクローンの少年。五歳。

エミリア・ハトルストン
フィリップの娘。父と離れ、火星軌道上の居住施設に住む。

太陽系時代の終わり

プロローグ

２２７９年
火星の衛星軌道〜ハビタット３ステーション

　窓の外には、地球に似た美しい惑星の眺めが広がっていた。青い海原は光沢のある照り返しで滲み、湾曲する地平線は、少し青味のある霞の中でもはっきりと見えていた。

　その広大な景色の上を、直径五キロメートルの円環状のステーション、Ｈ３《ハビタットスリー》はゆっくりと滑っていく。だが、地表との相対速度はおよそ毎秒五キロメートルにもなる。時速にすると一万八千キロメートルだ。火星の重力は地球の約三分の一とはいえ、軌道を維持する最低速度はそれくらい必要になる。

　同じ軌道にはＨ１、Ｈ２、Ｈ４が等間隔で並び、少し緯度を変えた軌道には、宇宙港として利用されている最大直径二十二キロの衛星フォボス、ＭＪＳＵ《Mars Jupiter Satellite Union》（火星・

木星衛星連合）本部として改造された最大直径十二キロの衛星ダイモスが浮かんでいる。そうしたサテライト群や火星表面は、せわしなく発着を繰り返すシャトルで結ばれている。

大気と宇宙の境目には、昔の火星の茶色い色彩の層が残っている。環境が地球を真似するようになっても、この茶色い大気の層だけは残っていた。そのあたりに時々キラリとした燐光が一瞬だけ輝いては消える。視力が良ければ、ウミホタルのような無数の光を見ることができるだろう。それほど火星周辺は人工的な物体――数メートルのものから数キロの巨大なものまで――であふれていた。

Ｈ３からの火星の眺め。それはテラフォーミングが進むにつれて刻々と変化していった。百年ほど前の、赤茶けて無機的で殺風景な地表の姿は、すでに資料映像でしか見ることができない。

火星に人が住めるようにする作業は、地下に眠る莫大な氷塊を溶かし、酸素や窒素などの気体を作るプラントの設置から始まった。しかし、いくら人が呼吸可能な大気を作り出しても、低重力下では宇宙空間に逃げ出してしまう。もともとは二酸化炭素が九十五％を占めていた大気を、できるだけ地球の大気組成に近づける。これが当面の目標だった。その甲斐があって、現在では二酸化炭素の含有量は一％程度まで下がっている。酸素はおよそ地球と同じ二十％、窒素も八十％近くになっていた。

火星の大地に立って見上げる空の色は、大気が希薄なために地球での青空とは比較にならないほどの濃紺だった。高層の茶色い大気はまったく見えない。そして、まだ豊穣な土地とはいえない荒野には、地球の砂漠のように点々と貧しい草が生えている。

大気をいじっても、火星の表面に立つ人間には呼吸器が必要なことは最初からわかっていた。だが、宇宙生理学者たちが出した、火星の環境には数世代で順応可能という結論に従って、一部の人間たちが苦しく果てのない訓練を始めていた。地球環境でいえば標高二万メートルの空気に慣れるために。

そんなわけだから、火星表面にはドーム型の都市が点々と散らばっていた。標高の低い場所には海もできている。この水は火星と木星の間にある小惑星帯から運んできたものだ。氷でできた小惑星をけん引して火星の表面にゆっくりと下ろす補給作業は今でも続いている。蒸発して気体になった水も、低重力のために宇宙空間へ散逸してしまうのだ。

そして人類の故郷である地球は、ちょうど太陽の裏側に隠れていて見えないが、火星と地球が最大限近づくと、距離は約七千万キロになる。そんなときには鮮やかな薄青い光を放つ地球が、他の星々をかき消すほどに輝く。

エミリア・ハトルストンは、人類の母星である地球を眺めるのが好きだった。地球出身の父フィリップが、窓の外に輝く光点を指で示しながら、遠く離れた故郷の話をよくしてくれたからだ。そのときはまだ子供だったので、脳内インプラント《量子AI》は入れていなかった。そのかわりに、フィリップはハンドヘルドデバイスという古典的な装置で映像を見せながら、美しい地球の姿を説明してくれた。

十五歳になった今、エミリアは地球に一度でも行ってみたいと思っていた。

人類発祥の地と言われるアフリカの大地溝帯。砂漠とジャングルが入り交じり、何億年という時間が降り積もった断崖絶壁の地層を眺めながら、石英や斜長石が混合した砂を踏みしめてみたい……。宇宙考古学や地球史を学ぶにつれ、エミリアの心の中には人類の母星への憧憬が大きくなっていった。

それが叶わないのならGLC《Global Coalition》（地球連合）の衛星からでもその姿を見たい……。火星よりもゆるやかな曲率の壮大な地平線。そこから昇る太陽も一緒に。だが、そんな願いは肉体的制約によって打ち砕かれる。

MJSUの衛星群は居住区画が回転している。その角運動量によって発生する重力は、0・6Gに設定されていた。

さらに、主に火星の表面で育ったエミリアは十歳のときには身長が百六十センチもあった。火星で生まれた人間は、重力という桎梏《しっこく》がないため骨や筋肉が細長くなり、1Gの環境では筋力不足だった。地球で生まれ育った、ずんぐりした体型のフィリップでさえ、すでに地球には住めなくなっている。

エミリアは1Gの環境にいる自分を想像した。どうなるのだろうか。おそらく数日は動けるに違いないが、そのうち体を動かすのが億劫になって寝込んでしまうだろう。

ＭＪＳＵの人間が地球に長期滞在する場合、1Gに設定された訓練用のサテライトに数ヶ月間住み込むのが恒例だ。ＭＪＳＵからＧＬＣに派遣される大使や公使、政府間の連絡要員などは、渡航前に重力適応訓練を受ける。

逆にＧＬＣから火星周辺に派遣された人間たちは、最初は体が軽いのが面白くて飛んだり跳ねたりするが、やがてその快楽の代償は、つらい重力訓練で払うことになる。地球人たちも故郷へ戻る際には、訓練が必要だったのだ。

こうした事情からＭＪＳＵとＧＬＣの間には、ぶ厚い障壁があった。これは人類が二つの統治体に分かれた現在でも変わりはない。また、これが二つの統治体に分裂した理由でもあった。しいていえば地球から火星へ移住するよりも、火星から地球へ移住するほうがより困難だ。火星周辺で育ったエミリアが、無理に1G下で暮らせば、ひざや腰などの関節障害に悩むに違いない。

エミリアは小声で「ウインドウ、シャットダウン」と呟く。すると、今まで火星からの反照が差し込んでいた窓が瞬間的に真っ暗になった。窓そのものがなくなり、天井と同じ白い壁に変化した。

「明日の予定を教えてちょうだい。キャロライン」

　ミディアムブラウン色をした長い髪を掻き分けて、エミリアが耳の後ろをポンと叩く。すると、脳内に量子ＡＩの声が聞こえた。

「明日の授業科目は地球史、宇宙考古学、基礎数学、精密計測実技、体幹エクササイズ、それから面倒なことにデートのお誘いが二件入っているようね」

「そう。誘いは断っておいて」

「ちょっと変な表現をしちゃったけれど、二件のオファーのうち一件は断るとして、もう一件はお父さまからのディナーのお誘いよ。断っていいの？」

「キャロライン。今のは冗談になっていないわ。お父さんとは何ヶ月も会えないの。内容は教えてもらえなかったけれど、重要な研究をしているはず。いい加減にしないと初期化するわよ？　それか、パラメータをいじって人格を変えて欲しい？」

「地球には飼い犬は飼い主に似るっていう言い回しがあるのよ。あなたは自分自身にイライラしていることに気づいていない。創発型ＡＩの宿命だと割り切ってちょうだい」

「私はあなたと友達になりたかったけれど、自分自身と友達になれるとは思わないわ。本当のことを言うと、私は私自身をあまり気に入っていないの。仲良くしたかったらもう少し……」

　エミリアが言い終わらないうちにキャロラインが割って入った。

「お父さまからの着信はメッセージではなくてファイルよ。どうする？　展開してみる？　ざっと中を見たところ、かなり容量のある書類のようだけれど」

「書類？　なんでお父さんが私に書類を？　変よね。見せて」

キャロラインは届いたファイルを展開し、後頭葉の視覚野に伸びた人工ニューロンに微細な電位差のパルスを送り始めた。エミリアの目の前には書類の表紙が見え始めた。

【極秘】
【イシス・アクシデント最終報告書】
２２７０年
ＭＪＳＵ先端科学技術研究所　上席研究員　フィリップ・ハトルストン

極秘と記された書類にエミリアは緊張した。それに、イシス・アクシデントとは……。

父のフィリップはエミリアが六歳になるとき、木星の衛星軌道にある研究施設で働いていた。一年くらいの出張だった。結局フィリップは無傷で帰ってきたが、相当怖い思いをしたらしいことは子供ながら感知することができた。何か大きなトラブルがあったのだ。

　おそらくイシス・アクシデントとはそのときのことだ。直感的にそう思った。

　一体、フィリップに何があったというのか。極秘にしなければならないイシス・アクシデントとは何だったのか。

　イシス。これは、あるプロジェクトの名前だ。イシス・プロジェクト。小さいころにこれも耳にしたことがある。もっともそのときは空気を読んで内容を尋ねることはしなかったが。

　そもそもイシスとは古代エジプト時代の女神の名前だ。紀元前千年ごろの地中海地方で信仰された航海の安全を司るとされる神。

　そして、ＭＪＳＵは、かつて太陽系で繁栄したとされるアンセスター《祖先》と呼ばれる種族を研究していた。それは、木星の衛星エウロパで発見された遺跡に端を発している。

　研究が進むにつれてアンセスター文明は超高度技術文明だったことが判明した。その証拠に、彼らは慣性質量をコントロールする術を持っていたのだ。

　慣性質量制御装置。すなわちＩＭＣ《Inertial Mass Controller》があれば……。ＭＪＳＵの人間であれば誰もがそう思った。

　普通、光速に近づけば質量が増大し、加速を続けるためには莫大なエネルギーが必要になってくる。原理的に、質量のある物質は決して光速に達することはない。ところが、そんな物理法則を未知の技術で反故にしてしまうのがＩＭＣだった。たとえば、今まで二年も三年もかかっていた地球・木星間の距離は、数週間から数日間での航行が可能になる。質量がゼロになれば、まるで光子のように光速に達することも理論的には可能だ。それに、推力《エネルギー》も圧倒的に少なくて済む。

だが、仮に光速に達することができたとしても、宇宙は広すぎる。現在、観測可能な宇宙は約百四十億光年といわれている。光速に達して主観時間がそれほどかからなかったとしても、百四十億光年先の宇宙を肉眼で観察することにどれほどの意味があるのか。そこまで到達できたとき、少なくとも太陽系はとっくに消滅し、銀河系とアンドロメダ銀河は衝突後のデュエットを演じているはずだ。

では数千光年くらいの近場だったらどうだろう。太陽系そっくりの恒星をめぐるスーパーアースを探査する場合。それでも、データを採取して帰還すれば一万年ほど経過している。果たして人類文明は存続しているのだろうか。

だがＩＭＣは人類にとって魅力的だ。これを使いこなせれば、太陽系は気軽に移動できるほどに小さくなるのだから。

イシスとは慣性質量制御装置《IMC》のことで、ＭＪＳＵ領域内のごく一部の人たちが知るコードネームだった。フィリップは九年前、ＩＭＣの研究をしている最中に、なんらかのトラブルに巻き込まれたのだ。

エミリアは父親の秘密、そしてＭＪＳＵの機密を覗き見る罪悪感にかられた。しかし、好奇心がそれに打ち勝っていた。

心臓の鼓動が高まりながらも、エミリアはイシス・アクシデント最終報告書を読み進めていった。

第一章　五億年ぶりの邂逅

《1》

2269年　木星軌道
MJSU　先端科学技術研究所実験コンプレックス
アステロイド・ワン

　強烈な磁気と放射線の嵐のおかげで、木星本体から十光秒（約三百万キロメートル）の範囲に人類が足を踏み入れたいのであれば、強固なシールドが必要だった。それに加え、衛星イオの活発な火山活動によって木星周辺にまき散らされる噴出物も脅威になっていた。木星の及ぼす潮汐力によって、粘土のようにこねくりまわされているイオは、永遠に火山活動が収まらない。高度数百キロにまで達する二酸化硫黄などの噴出物は、巨大な螺旋を描きながら、やがて木星の薄い輪の中に吸い込まれていく。こうした噴出物や木星の重力圏に囚われているイオン状態の物質の雲は、人間の作ったシャトルやステーションの金属性構造物を腐食させる厄介な障害物だった。

木星の周回軌道や衛星であるエウロパ、ガニメデに基地を建設し始めた当初、人間は弱々しいエネルギー源で身を守るしかなかった。十分な放射線対策ができなかったのだ。しかし、核融合炉の部品を運んできて、一つ、二つ、三つと完成させていくと、強力な磁気シールドが機能し始め、人間の安住できる空間が増えていった。

木星周回軌道に計画されていた大型ステーションも、最初に核融合炉を組み立てて、その周りに構造物を拡張していく方法が取られた。現在、木星の周囲には、十基もの大型ステーションが周回している。

木星は約十二年で太陽を一周するが、その軌道上には、一光分（約千八百万キロメートル）の距離を置いて、ＭＪＳＵの新型ステーションが、同じく一周十二年の速度で木星を追いかけていた。

このステーションが新型といわれるゆえんは、エネルギー源に反物質を使っていることだった。

人類が木星に進出してから二十五年ほど経過すると、ふんだんに太陽エネルギーを利用できる金星に建設された、超大型加速器が稼働を開始した。つまり、反物質が大量に生産できるようになった。小型な割には核融合炉の一万倍のエネルギーを得られる反物質炉が実用化され、新たに建設中のステーションに採用された。

　このステーションは先端科学技術研究所の実験コンプレックスで、今までの回転型のものではなく、球形をしていた。というのも、コアに重力発生装置＝ＧＲＧ《Gravity Generator》を仕込んであるためだ。この装置によって０・３Ｇが発生し、階層構造になっている内部では、かろうじて人が立つことができる。

　０・３Ｇに設定してあるのは、それ以上の重力を発生させると、太陽系の各惑星軌道を撹乱する恐れがあるからだ。

　それに、もう一つ、重大な理由がある。重力発生装置を実用化したにもかかわらず、その作動原理はわかっていないことだった。アンセスター《祖先》の遺跡から発掘したＧＲＧが、どうやら重力場を発生させる装置らしいことを突き止めると、ＭＪＳＵは密かに、なおかつおそるおそる起動させて、徐々に供給するエネルギー量を増やしていった。

　ＧＲＧは、直径三メートルの球形をしており、あらゆる非破壊検査を行ったところ、内部には現在知られているどんな元素よりも重い直径一・五メートルの球状物体が収まっていることが判明した。球体がどんな元素の集合体なのかは不明。内部まで均一で同一の元素でできていることがかろうじてわかっただけだった。

そしてエネルギーを与えてみると、周囲にごく弱い時空の引きずり現象が検出された。これは、内部で球体が超高速回転していることを意味している。いわゆるブラックホールの周囲に存在するとされるエルゴ球だ。しかし、GRGの外部に設置したセンサーは、ほんのわずかの振動も音波も検出しなかった。内部で異常に重い物体が超高速回転している事実は、外部からは窺い知ることができない。

この実験中にも悲劇が起こった。ある程度の重力が発生してくると、エルゴ球が急拡大して実験スタッフ二名と実験機材を捉え、ミキサーのように撹拌し始めたのだ。あわててエネルギーの供給を切断すると、竜巻のような時空の引きずりに巻き込まれていた物体や人間は、実験室の壁に叩きつけられて原形をとどめないほどに破壊されていた。

そうした経験の積み重ねと、重力波や発生するエキゾチック粒子の解析を続けた結果、GRGの安全な作動率は十%程度と判断された。つまり、作動率十%で発生する重力場は、0・3Gに相当する。

そもそも、GRGの実用化は、GLC側には秘密だった。万が一、事故でも起こしてGRGの存在が露見すれば、アンセスター文明やテクノロジーの解析結果は、MJSUとGLCで共有するという協定に違反することになる。先端科学技術研究所の実験コンプレックス。ここはアンセスターの遺した超テクノロジーの研究と実用化を目的とした巨大施設だった。コードネームは、今までのステーションとは違って球形だったことから『アステロイド・ワン』と決まった。略するとＡ・Ｏ。だが、ＭＪＳＵやＧＬＣを含む全宇宙の通信網にそのコードネームが流れることはほとんどなかった。

フィリップ・ハトルストンは、数ヶ月前にこのアステロイド・ワンに着任した。ＭＪＳＵが最大限のリソースを注ぎ込んでいるイシス・プロジェクトを成功に導くためだった。

イシス、つまりアンセスターの遺物である慣性質量制御装置《ＩＭＣ》。フィリップはすでに三年前からこの未知の装置の解析と研究に打ち込んでいる。

ＩＭＣが実用化されればその恩恵は計り知れない。重力という足かせを振り切って、未知の恒星系を探査し、運良くば移住を果たす。そのためにはＩＭＣが絶対に必要なのだった。

人類が太陽系の隅々にまで足を延ばしているこの時代になっても、いまだに紛争や貧困の絶えない地球。宇宙開発よりも貧困や格差をなくすためにカネを使えという声がうるさい地球。そんな悪しき時代遅れの苦界とは縁を切って、人類はさらに宇宙へ進出するべきだというコンセンサスがＭＪＳＵにはある。

だが、その一方でフィリップの心の中には、あるわだかまりが大きくなりつつあった。それは、盟友のフレデリック・アグニューの忠告だった。

「アンセスターのテクノロジーを安易に使うのはやめたほうがいい。遺された文献や情報の断片をつなぎ合わせると、彼らは自分たちの開発したものがオーバーテクノロジーだったという自覚を持っていたことがわかる。そして、そのオーバーテクノロジーが宇宙全体を崩壊させると知っていた。アンセスターたちは、自分たちのオーバーテクノロジーがこの宇宙内で起動したとき、それを制限する機構を遺していったはずだ」

会うたびに深刻な顔をしてフレデリックはそんなことを滔々と説いた。確かに、推測の域を出ることはないが、ＩＭＣの動作原理を追ううちに、空間を引き裂くこともありうると気がついた。それはとても危険なことだ。

我々の親しんでいる空間は三つの成分で構成される。いわゆる三次元だ。そして、この宇宙空間は六つの次元が小さなカラビ＝ヤウ空間に巻き上げられている。カラビ＝ヤウ空間内の任意の一次元は、数学的な処理によっては引き裂かれうることが判明している。それを位相変更転移というが、この事実は大きく伸長している三次元の空間にも引き裂き――位相変更転移が起こりうることを示している。

これも推測だが、ＩＭＣはヒッグス場に逆位相の架空振動を発生させ、相互作用を相殺することで慣性質量を消滅させるようだ。このときに空間の織物にかかる力が位相変更転移を引き起こす可能性がある。位相変更転移が発生すれば空間が裂ける。その結果、どんなことが起こるのかは想像もできない。もしかすると、宇宙全体の相転移の発端になる可能性すらある。あるいは、カラビ＝ヤウ空間に内蔵されている六次元のうち、いくつかの次元が伸長する……。

そんなことが起これば、この世界は五次元や六次元と化す。だが、人間の感覚は多次元空間を理解できない。多次元とはあくまでも数学的に表現することが可能な世界だ。

逆に、引きちぎれた三次元のうちの一次元が、カラビ＝ヤウ空間の内部へ収縮する。その結果、我々は二次元の世界の住人になってしまう。

考えられるパターン、すなわち、宇宙空間の破局のシナリオは無数にある。三次元のうちの一次元がカラビ＝ヤウ空間に内蔵されている六次元のどれかと入れ替わるといった異変も考えられる。

いくらこの宇宙空間の構造が解明されているとはいえ、空間次元が引き裂かれた結果どうなるのかを、今の人類の科学力では理論的に確定することはできない。考えるだけでも恐ろしいことだ。この三次元空間に囚われて脱出できない人間にとっては。

机の上には火星軌道に残してきたエミリアの写真があった。その笑顔をフィリップはしばらく見つめた。彼女とは一緒に地球旅行をすると約束している。もしイシス・

プロジェクトの失敗によって、最悪の結果を招いたとしたら。その約束を果たすことはできないだろう。

窓の外にはバレーボール大の木星が見えていた。その圧倒的な質感。背景の黒々とした闇から浮かび上がる巨大な球体は、太陽から四十三光分離れていてもあまりにも眩しい。ずっと見つめていると、赤い縞模様の変化がここからでも窺い知れる。音のない暴風の世界。一度あの水素やヘリウムの赤い嵐に巻き込まれたら、おそらく脱出は不可能だろう。吸い込まれれば、やがて金属状に圧縮された水素に押しつぶされる。

地球育ちのフィリップには、この木星はあまり好きな場所ではなかった。しかし、任されているプロジェクトを無事終わらせなければならない。

ふぅ〜、とため息をついて、フィリップはデスクチェアから立ち上がった。

歩いて十分もかかる重要気密区画では、プロジェクトのスタッフが徹夜でデータ解析をしているはずだった。

そこへ、脳に埋め込まれたＡＩのエミーがメッセージの着信を告げる。娘には教えていないが、ＡＩの名前はエミリアのニックネームであるエミーにしてあった。

「フィリップ、フレデリックからメッセージよ。読み上げる？」

「ああ、頼む」

「話がある。仕事が終わったら連絡をくれ。以上よ」

「了解した、と返信してくれ」

　立ち止まっていたフィリップが動き始めた。だが、低重力下にもかかわらず、その足取りは重い。

「疲れているようね。でもデータ的には異常なしね。心拍数六十だし、セロトニンやアドレナリン、ドーパミンなどの脳内物質量も正常。指摘できることがあるとすれば少しブドウ糖値が減っていることね。ミルクと砂糖入りのコーヒーをお勧めするわ」

「ああ、一杯もらいにスタンドに寄っていくよ。ありがとう」

「どういたしまして」

　フィリップは「ライトオフ」と言って室内を暗くした。このあとすぐに、イシス・プロジェクトの恐ろしさを経験することになるとは夢にも思っていなかった。

《2》

アステロイド・ワン　気密実験区画

実験区画に入る扉の前は警備が厳重だった。複数の武器やデバイスをゴテゴテと身につけた兵装の人員が五名、盾のようなコンソールの後ろに立っている。

そして、扉の開口部を囲む構造には、Emergency Disconnect Area《緊急切断区画》と赤い文字で表記されていた。万が一、とんでもない事態が発生した場合には、この扉の向こうのユニット、つまり実験区画は切り離され、ジェット噴射による毎秒七キロの速度でアステロイド・ワンから遠ざかっていく。要するに実験によって発生した危険は、腫瘍を切除するように宇宙へ捨てられるのだ。フィリップは、捨てられた実験区画は太陽へ突入すると聞いていた。切り離される前にアステロイド・ワン本体に戻らないと、実験区画と運命を共にすることになる。そして、切り離しを決定する権限は、現場責任者であるフィリップが持っていた。

区画内部へ入ると、データを表示する夥《おびただ》しいディスプレイが並んだ中央コントロールルームがあり、耐熱ガラスの向こうにメインルームがある。メインルームは、生物学的侵襲を避けるために負圧になっている。バイオハザードを引き起こすような研究も想定されているからだ。

　コントロールルームには、七名のスタッフが、それぞれの端末の前に座っている。中央のホログラムの前で顎に手を当てて考え込んでいる後ろ姿があった。研究スタッフを表す簡易型の薄青いスーツに身を包んだジェフリー・ワタナベが、フィリップが入ってきたのに気づいて振り返り、立ち上がった。

「やあ、フィリップ」

「おはよう、ジェフ。奴さん《ＩＭＣ》の様子はどうだい？」

「問題ないとは思いますが、一応、最終確認はして欲しい。初めてのエネルギー注入だから、みんな緊張しているようです」

　半円形に並ぶイスに座っているスタッフたちを見回すと、テスト本番の日を迎えて、やはり表情がこわばっていた。それぞれが受け持つ部分の動きを何回もシミュレーションして確かめている。フィリップは、脳ＡＩをオープンモードにして、この場にいる全員にメッセージを伝えた。

「みんな聞いてくれ。落ち着いていこう。エネルギーの注入開始を三十分後に設定する。慣性質量計測器、重力計、粒子線検出器、磁場変移計、ヒッグス場振動検出装置、空間圧力計、最後に電流制御系それぞれ大丈夫だな？」

　いつものクセで、フィリップは小声を出していた。伝えるべきメッセージは、脳内で考えるだけでそれをＡＩが相手に伝えてくれる。だが、地球で育ったフィリップは、たいてい声帯を使ってしまう。

脳内にいくつもの声が聞こえてきた。全員がスタンバイＯＫのようだ。そして最後に聞こえてきたのは、ＡＩのエミーの声だった。

「あなたの上司、先端科学技術研究所のボス、リュック・ベルトンがご視察においでのようよ。入室許可を求めてきている。驚いたことに、もう一人、超ＶＩＰのおでましよ。情報運用本部のレスター・プラウズ長官も一緒」

アステロイド・ワンの責任者であるリュック・ベルトンが視察に訪れるのは、うすうす予想していた。半科学者で半軍人のあの男は、自分の抱えているプロジェクトの細部にまで首を突っ込まずにはいられない性格をしていた。詳細もわからずにあれこれ指図してくるので、現場の技術者にはすこぶる評判が悪かった。

それに……。

完全に軍人で、しかもイシス・プロジェクトとは直接関係のない情報機関の黒幕がなんでこんなところまで来るのだろう。

フィリップはＡＩ径由の返事をせず、わざわざ入り口の警備に有線電話をかけて確認した。すると、上司のリュック・ベルトンがすぐに出た。

「忙しいところ申し訳ない。入れて欲しい」

一応、儀礼的なことは言うようだ。

フィリップは有線通話をオフにしてから軽くため息をつき、入室許可を出すために赤い光を放つボタンを一回押した。すると、ボタンは緑色に変色した。

実験区画はエアロックを介して孤立している。アステロイド・ワンとの行き来を可能にするのは、フィリップの前にあるボタンだけだった。

エアロックに空気が充満するのに一分。すると、扉が開いてリュック・ベルトンとレスター・プラウズが入ってきた。二人ともアステロイド・ワン専用のスーツを着ている。その後ろからは二人の武装人員も入ってきた。

リュック・ベルトンは背が高く、火星生まれのために線が細い。一見するとにこやかな笑顔のために、内部に渦巻く野心や繊細な猜疑心を見逃しがちだった。しかし、長年にわたってやり合っているフィリップには、そんな二重の性格を含めて、付き合いやすい相手だった。

その一方で、レスター・プラウズは明らかに地球出身の体型をしていた。背の高さはリュック・ベルトンの肩あたりしかない。しかし、どんな精神的抑圧さえはねつけてしまうような不遜な顔つきをしていた。やはり、その目にも猜疑心の光が宿り、初対面のフィリップに向ける笑みの中でも消えることがなかった。

レスター・プラウズはフィリップに向けて手を差し出した。それに応えてフィリップも一応礼儀を通す。

「お会いできて光栄です、プラウズ長官。しかし、どうしてこんなところまで？」

「もちろん、ＩＭＣが起動するところをこの目で見たいからだ。ＩＭＣによって我々ＭＪＳＵは大宇宙に向けて飛躍することができる。その記念すべき日が待ち遠しかった。聞くところによると、あと三十分で実験が始まるそうじゃないか。よろしく頼んだぞ」

「しかし、我々やこの小惑星《アステロイド・ワン》や今回の研究はあなたの管轄ではありません。私と同様に驚いているスタッフも多いと思いますが」

「もちろん、君たちを管轄するのは私ではない。しかし機密保持という観点から、私が一時的に管理させてもらうことになった。申し訳ないとは思うが、君たちは私の指示に従う義務がある。これは首相からの命令だ。そうだよな？　ベルトン君」

全員の視線を集めたベルトンの脳裏に何かがよぎったらしく、少し反応が遅れた。

「はい。首相からの命令は届いています。長官のおっしゃる通りです」

「よろしい」

フィリップは、この小惑星の主が誰になろうとかまわなかったが、純粋な好奇心を抑えることはできなかった。

「なぜ、そんなことに？　なぜ情報運用本部が介入してくるのですか？」

「簡単なことだ。この研究が機密だからだ。起動して得られたデータを守る必要があるのだ」

「長官。お気持ちに反することを言うようですが、ＩＭＣは危険なものかもしれません。局所的な慣性質量の低下、これが何を意味するか……。我々の宇宙には物理法則の空間対称性があります。ＩＭＣはそれを破るということになります。ＩＭＣがとてつもない事態を引き起こす可能性は否定できません」

　フィリップの懸念に神経質に反応したのはリュック・ベルトンだった。

「今さら何を言い出すのだ。もちろん、ＩＭＣが危険なものと判明したら、我々だって考え方を改めなければならない。宇宙を破壊してしまったら元も子もないからな。それに、危険性の兆候を察知する手段も講じているし、危険だとわかった瞬間に実験を緊急停止できる。君が実験の続行可否を判断してくれてかまわないのだ」

「ありがとうございます。しかし……」

「おそらく、フレデリックあたりにＩＭＣの危険性やら、アンセスターのオーバーテクノロジー封じを吹き込まれたんだろう？　私のところにもヤツが来て、散々そんなことを言っていた」

　この話を聞いて、フィリップは少し可笑しくなった。あのしかめっ面で滔々と自説を述べるフレデリックの被害を、リュック・ベルトンも少なからず受けていたのだ。

「わかりました。少しでも異変を感知したら、即座に実験を中止させていただきます」

「それでよろしい」

リュック・ベルトンはレスター・プラウズをいざなって、コントロールルームの高台、つまりオブザーバー席についた。その後ろには護衛が二名立った。VIPたちはなにやらヒソヒソ話を始めた。おそらく、実験の詳細について講義をしているのだろう。

紛れ込んできたしばしの雑音を意識の外に追いやり、フィリップは3－Dディスプレイに表示される図形を操作し始めた。実験開始まであと十五分。アステロイド・ワンの反物質炉を管轄するセクションに、そろそろエネルギーの融通を依頼するころあいだった。

無事、実験が終わりますように……。

一瞬、火星軌道のH3にいる娘の顔が浮かんだ。AIを通じて話しかけたくなったが、フィリップが呼び出したのはエミーだった。今度は声帯を使わずに脳内で声を出した。

「エミー、私の居住エリアのサーバーに、例のメッセージを蓄積。二十四時間後に私のアクセスがなかったら、エミリアに届くように設定してくれ」

「了解。しかし、そんな重大なことが発生するの？」

「直感にすぎないが、何か嫌な予感がする」

「例の空間の引き裂きのこと？」

「そうか。お前は脳内の思考も読み取れるんだったな。まさか誰かに伝えてないだろうな」

「ありえない。そんなことしたら脳内情報保護法違反よ。そこまで信用されていないなんて悲しい」

「お前に感情があるとはな」

「私に感情があるのかないのか、確かめる術はないんじゃない？」

「そうだな。ＡＩや人格シミュレーションに感情がないというのは、あくまで人間の都合にすぎない」

「ちなみに、エミリアは今エレメンタリースクールで、ちょうど宇宙考古学Ｉを受講中。なかなか真面目に勉強しているようよ」

「あの子は地球史に興味を持っているからな」

　脳内で軽い会話を交わしながら、フィリップは実験の最終準備を進めていった。

《3》

木星軌道　準光速船建造ドック

木星周回軌道に浮かぶステーション群の中には、全長二キロメートルにもなる、大型の準光速船を建造するドックも含まれていた。

実は、太陽系内を飛行するのであれば、そんなに大型の宇宙船を造る必要はない。いや、大型になればなるほど巨大な推進力が必要になるため、できるだけ小型軽量のほうがいい。大型船だと目的地で減速するのでさえ、気の遠くなるようなエネルギーが必要だった。最新の反物質エンジンをもってしても、この大きさの船を木星から地球に飛ばすと、どうあがいても二年はかかってしまう。

さっそくGLC側の情報機関がこの巨大船の建造目的を分析した。そして、何らかの技術革新がない限り、MJSUのビヘイビアはまったく不合理であると結論された。

ひそかに全人類が注目するこの宇宙船を「準光速船」と呼ぶのは、ごく一部の人間に限られていた。宇宙船が準光速で飛ぶことができるのは、もちろんIMCのおかげだからである。

MJSUは準光速船を使って恒星間飛行を計画していた。地球という旧態依然たる不条理な文明圏を脱して、新しい天地を求めるためだ。

この思いは今でこそＭＪＳＵだけに受け継がれているが、かつては人類が共有する理念だった。すなわち、人類が二つの統治体に分裂し、太陽系内に分散していても、宇宙規模で見ればリスクは大きい。リスクとは人類が滅亡するリスクのことだ。二十一世紀初頭にはすでに、本気で人類が宇宙へ進出しなければ、やがて滅びるだろうと有名な物理学者が警告した。

たとえば、超新星爆発によるγ線バースト。巨大な遊星の接近による太陽系のかく乱。不安定で気まぐれな太陽活動と超大型フレアの可能性。そして、最も可能性が高いのは、残念ながら人間が原因となるシナリオだった。

このように、無数にあるリスクに対する保険は、人類が他の星系へ移住して初めて可能になる。かつてＧＬＣはＭＪＳＵの母胎となったが、現在では内部の不安定な状況のために宇宙への進出どころではなくなっていた。

大型ドックは、球形に組まれたスケルトン状の鉄骨で、直径が五キロメートルにもなる。所々に人間が居住する箱があり、大型のクレーンがあちらこちらで触手のようにゆっくりと動いていた。

船の建造は無重力状態で行われる。無重力のほうが大型建造物を造るのが容易だ。大きい船体ユニットでも、宇宙空間ではほんの少しの力を加えただけで等速度直線運動を開始する。

建造されている船は二隻。今のところ、まだ骨組みの状態で、その内側や外側にスーツを着た作業員やロボットがゴンドラに乗って動き回っている。

このドックには、レスキュー隊も常駐していた。ちょっとした事故によって振り払われ、深宇宙の闇に向けて漂い始める作業員を助けるためだ。常にドックの周囲はレーダーで監視されていた。

実際のところ、レスキュー隊は準軍事組織だった。というのも、ステーション群とかエウロパやガニメデなどの基地を頻繁に襲う隕石・小惑星・スペースデブリを排除する役目を担っていたからだ。

脅威になりそうな飛翔体を発見した場合、時間的余裕がなければミサイルやレーザーで蒸発させる。小惑星などの大型のものは推進装置を設置して軌道をずらす。

このような作業は、地球がまだ月に進出したばかりの段階から行われていた。地球や火星、木星を回っている、人が常駐しているステーションのすべてが、ミサイルやレーザーの管制システムでハリネズミのように武装している。

建造ドックに常駐しているレスキュー隊のうち、今日の当直はキャプテンのレオ・ポートマン中佐、ウィル・タケモト大尉、リディア・オルストン中尉の三人だった。

制服であるカーキ色のスーツに身を包み、3－Dディスプレイが五方を囲むＣＩＣ《中央作戦室》で、空中を漂いながら今日もちゃんと仕事をしていた。五方というのは、無重力だから可能で、正面・右・左・上・下の五面で情報の表示と各種の管制システムの制御を行うことができる。

　そもそも、こんなCICに缶詰にならなくても、異常事態が発見されれば脳に埋め込んだ量子AIが知らせてくれる。三人の当直は、ふだんであれば別室で寝ていたり、遊んでいてもかまわないのだ。

　だが、今日はこの木星系にMJSUの高官が来ているため、付近に常駐する当直のレスキュー隊はCICに詰めていることを命令されていた。

「おかしいよな。今までお偉方が来ても、こんな命令が出たことないだろ？」

　ふざけて体をグルグル回転させながらウィル・タケモトが声帯から音声を出して話しかける。すぐ近くでレーダーを操作していたのはリディア・オルストン。足をうまくコンソールに引っ掛けて体を固定している。

「そんなに回っているとまた吐くよ！　ゲロの除去に一ヶ月もかかったのを忘れたの？」

　無重力では爆発頭になってしまうので、金髪を大量のピンで留めているリディアが、胡散臭そうな目付きで反応した。ウィルは回転によって乱された三半規管を戻すために、逆に回転し始めた。

「俺たちは極秘事項から蚊帳の外だからな。きっと何かやらかしているんだろ。アステロイド・ワンで」

「そのようね。それくらいの見当はつく。お偉いさんがアステロイド・ワンにいるようだから、歴史的な何かが起こっているんでしょ」

「俺はアンセスターのクローンが初めて誕生すると見ているんだが、どうだろう」

「それって、私たち人間の女性が産むってこと？」

「いや、それは危険だろう。いくらＭＪＳＵのぶっ飛んだ科学者でも……。人工子宮だと思うよ」

「でもアンセスターってどんな顔しているのかはすっごく興味がある。絶対、脳がでかいよ。それから直接思念波みたいなので呼びかけてきて、その気になれば人間なんて秒殺できる」

「なんだそれ。何百年か前のＳＦ小説みたいだな。アンセスターは意外に俺たちと似ている姿だと、専門家から聞いたことがあるが」

「交配可能なのかしらね。そしたら、アンセスターと人間のハイブリッドが可能になるの？　それこそアセンション《霊的昇華》しちゃうわよね」

「レオ、今回の件で何か聞いていますか？」

　ウィルがさっきから背中を見せ続けているレオ・ポートマンに話しかける。この中で一番年長だが、長命化・抗老化セラピーを受けているために三十代にしか見えない体をしている。

「いや、何も？　俺はあの準光速船に関係するものだと思っているんだがな。あんなバカでかくて無意味な船を造るなんて、何か理由がないとおかしいだろ？　まあ、いずれにしても俺たちは与えられた仕事をやるしかない。今のところ異常なしだな」

「あの船か……」

ウィルが三十センチ四方の高耐圧ガラスのはまった窓から外を眺める。そこには、準光速船の船首部分の骨組みが突き出ていた。

「あの船に乗ってみたいもんだ。おそらく恒星系探査に出かけて、何十年も太陽系には戻ってこられないんだろうけど。それでも乗ってみたいもんだな」

ウィルがボソリと呟いた。

「ＭＪＳＵの人間だったら、みんなそうでしょ。不帰の探査だったとしても希望者殺到よ。でも私はお断りね。やっぱり太陽系が故郷だから。ここを離れたいとは思わない」

足をコンソールに引っ掛けたまま、体をうまく回転させて、リディアがウィルのほうを向いた。

「ずいぶんと地球人みたいなことを言うんだな」

ウィルも足を引っ掛けて体を固定した。

「私の両親は地球出身よ。だから私も純粋な地球人。でも、もう地球には住めないけどね」

「さあ、あと五時間で交代だ。もう少し頑張ろうぜ」

現場責任者のレオが脳ＡＩを通して声をかけてきた。だがやることといえば、データを精査し続けているＡＩが表示する、虹色に輝くホログラムを眺めていることだけだったが。

《4》

アステロイド・ワン　実験区画

後ろからVIP二人に見守られながら、フィリップは実験全体の最終確認を終えた。ガラスの向こうには、厚さ一メートルの特殊な合金でできた、一辺四メートルのキューブが鎮座していた。その下からケーブルやチューブがタコの足のように出ている。そのケーブル類を点検しているのはアラン・グレイブスという若い研究員だった。彼がガラスの向こうから親指を示してフィリップに合図を送ってくる。異常なし、と。

アランは合金の箱から数メートル離れた場所にあるデスクに座った。そのデスクには箱の内部や近くにある各種の計測器のモニタが並んでいた。

IMCの本体は合金の箱で厳重に格納されているが、万が一、異変が発生したとすれば、そんなものは何の役にも立たないはずだ。同じ空間にいれば、隔壁があろうとエアロックを介していようと、耐熱性の超硬度ガラスを隔てていようと。

脳AIをオープンモードにして全員にメッセージを送る。

「では、これからIMC起動実験を行います。エネルギー注入十秒前……九……八」

カウントダウンを読み上げているあいだ、フィリップは数日前にアランと交わした会話を思い出していた。

「実験本番では、君はコントロールルームにいるように。IMCの近くにいる意味はない」

「いや、フィリップ、私はこいつに出会ってから、自分のすべての時間を捧げてきました。IMCが目覚めるときには、一番近くで産声を聞く権利をください。ちょっとした異変であれば、すぐに私が臨機応変に対処してみせますよ。それに、もしこいつが暴走でもしたら、コントロールルームにいたって同じでしょう」

「それもそうだな。君のところにも緊急停止装置がある。少しでも異変を感じたら、すぐに作動させてくれ。一切の責任は私が持つ」

「ありがとうございます。実験の成功を祈りましょう」

フィリップは自分で数えているカウントダウンが二になり、一になり〇になるのを認識した。それと同時に、目の前にあるセーフティロックを解除する。

「エネルギー注入！」という号令に「エネルギー注入！」という復唱が聞こえてくる。

一瞬、ガクンとアステロイド・ワンが揺れたように感じた。莫大な電流の経路が変わって、電磁場が変化したようだった。

すべてのデータはフィリップの目の前にあるホログラムに表示されている。今のところ何の異常もない。一番重要なのは、もちろん慣性質量計測器だ。この装置の内部では、磁力の変化によって小さな磁石がチューブの中を行ったり来たりしている。その動きをレーザーがとらえて慣性質量を測定する。

その慣性質量計測器の示す値が変化してきたのは、ＩＭＣ起動後、三十秒ほど経過してからだった。すべてのデータは記録してある。しかも万が一の事態を想定して、アステロイド・ワンから木星にある先端科学技術研究所にリアルタイムで送信されているはずだ。

フィリップは、モニタから目を離し、ガラスの向こうにある合金の箱に目をこらしていた。

六十秒経過すると、合金の箱がかすんだり、ゆらゆらと揺れるように見え始めた。それと同時に、「ヒッグス場振動検出装置を見てください！　逆位相の振動が起こっています！」と叫ぶ声が聞こえた。

モニタを見ると、従来のヒッグス場の振動を示す赤い波形と逆の波形を示す緑色の線が踊っていた。そもそもヒッグス場の振動は、人間になじみのある三次元方向への振動ではない。その振動は虚数の増減で表現される。従って、このモニタで表れる波形は、人間に理解できるように工夫されただけで、実際の振動を表しているわけではない。つまり、合金の箱を中心としたローカルな空間で、実際に起こっていることのすべてを理解できる者は誰もいないということだった。

「アラン、大丈夫か？」

「大丈夫です。ＩＭＣから虹色の光がうっすらと見えます」

その、うっすらとした光は可視光線の範囲内の色彩をランダムにゆらめかせていた。

「慣性質量の減少を確認！」という声が聞こえた。すぐに「異常な電磁波を確認！」

という声。

「電磁波を記録しろ。可聴音に変換できるか？」

すると、コントロールルームには、女性オペラ歌手の発するような、ゆらぎを伴った美しい歌声が聞こえてきた。箱から発する虹色の光のゆらぎとシンクロしている。

それは人間の思考や情念を超越した、人類史において誰も聞いたことのない歌声だった。虹色の光を見ながらこの声を聞いていると、脳が麻痺してくるように思える。

だが、その麻痺は心地よく、恍惚の境地に誘い込まれるようだ。

「なんだ、これは！」

そんな感嘆を漏らしたのは、おそらくリュック・ベルトンだろう。それ以外にも、オープンモードになっているＡＩからは、スタッフたちの会話が乱れ飛んできた。

騒がしい声を振り払って、フィリップは合金の箱から幽霊のように這い出してきたＩＭＣの光に集中した。

そのとき、「空間圧力計を見てください！　異常値に達しています！」と叫ぶ声を聞いた。空間圧力計を示すホログラムは、三次元のグリッドを表示している。それが、中心にブラックホールでも出現したかのように歪んでいた。

「実験を中止する！」とフィリップは叫んだ。そのすぐあと、フィリップは時間の経過が何百倍にも延びたように感じた。コンソールにある緊急停止ボタンに手をのばそうとするが、手の動きがのろい。力をそれなりに入れているが、手がなかなか動かない。ゆっくりと、ゆっくりとしか動かないのだ。

いつもなら瞬間的に左右に動く眼球も、見たい方向を見るには時間がかかった。見たい方向にはＩＭＣがある。

そのＩＭＣからは触手が三本出て揺れていた。虹色に光る触手は、何かをまさぐるように空間をゆっくりと移動している。これは夢か、夢だとしたら悪夢なのか……。

思わずフィリップはそう呟いていた。

よく見ると、触手の右側と左側の空間が違っている。光の屈折率の違いでそれがわかるのだ。触手を境にして空間の断裂が起こっている。

そして……。

触手は周囲にある観測機材やコード、アランの座っているデスクやイスに絡みついていた。そんな悪夢のバックグラウンドでは、依然として美しい歌声が響いていた。

フィリップの手が息を切らして喘ぐマラソン選手のように、やっと緊急停止ボタンに達した。手が赤いボタンを押下すると照明が切れて、実験区画のすべてがブラックアウトした。

　こんなはずではない。緊急停止ボタンはＩＭＣへの電力供給を切断するだけで、実験区画の照明を切る機能はないはずだ。荒い呼吸の中でも冷静な思考が動いていた。どんなことがあっても最後まで理性的に事態をとらえたい。そうでなければこんな怪物を相手に実験などできるはずがない。

　ブラックアウトした部屋の中では、声帯を使って吐き出されるスタッフたちの声が乱れ飛んでいた。ＡＩが機能停止しているらしい。

　ガラスの向こうでは、ＩＭＣを中心とした虹色の光が弱まり、わずかな燐光が残っていた。虹色の乱舞もすでにない。

　フィリップは、緊急電源装置のあることを思い出し、スイッチを入れた。すると、照明が回復したが、ホログラムなどの装置は停止したままだった。

　ＩＭＣを包む合金の箱に異常はない。しかし、実験室内は滅茶苦茶に荒れていた。機材が吹き飛び、壊れ、その破片が散乱している。

　ふとＩＭＣの上を見ると、異様な物体が浮かんでいた。それは三メートルほどの大きさで、ゴミを集めて圧縮したような複雑な模様を表面に浮かべ、所々光ったり黒かったりするが、ゆっくりと回転するとその形や色彩が変わる。よく観察すると、その中には機械類らしい金属製の物体と、人間の手足や、スタッフ用のスーツがグチャグチャに詰め込まれていた。

そういえば。ＩＭＣから延びていた触手が手当たり次第に何かを絡め取っていた。タコが獲物を締め付けるように。

フィリップは周囲を見回した。全員が茫然として放心していた。リュック・ベルトンとレスター・プラウズ長官も同様だった。

自分も呆然としていることに気づき、フィリップは気をとりなおしながら実験室に入った。異様な物体が何であるかを見極める必要がある。もし危険であれば全員に退去命令を出して、実験区画を緊急切断しなければならない。

物体は、微妙で繊細な揺れ方をしていた。石鹸で造った大きなシャボン玉のように見えることもある。落ちている機材の切れ端がちょうど二メートルほどの棒になっているので、フィリップは拾って風船をつついてみた。すると、金属の棒が何の抵抗もなく物体に入っていく。

そして、不思議なことに棒の先端が右斜め上から出てきた。

……これは……。別次元が空中に浮遊しているのではないのか？　そう思ったフィリップは、棒を戻し、今度は違う場所に刺し入れた。すると、棒の先端は物体の左下のほうから出てきた。直感的に思った。これは高次元多様体ではないのか。三次元の世界では、物体に鉄棒を突き入れれば、反対側から突き出てくる。しかし、この異様な物体は、そんな因果関係を無視した場所から棒の先が現れる。

たとえば、三次元の物体は二次元平面で任意の場所を輪切りにできる。二次元に住む生物は、二次元平面に現れた形でしか三次元の物体を認識できない。この高次元の物体は三次元で輪切りにされている。その形でしか我々はこの物体を認識できていないはずだ。高次元の物体の全貌は、決して見ることができない。だから、我々人間には異様な物体にしか見えない。フィリップはそんな仮説を脳内で組み立てていた。

「助けてください！」とくぐもった声が聞こえてきた。それも別次元の物体の中から。手と足が見えているが、普通の人間の体の配置を無視した場所にある。

「なんだと？　中に誰かいるのか？」

「閉じ込められました。なんとかしてください」

フィリップはその声の主がわからなかった。周囲を見回すと、自分以外の実験スタッフは六名。それに、レスター・プラウズとリュック・ベルトンの二人。護衛が二人。実験する前に確認した十一人の全員が揃っている。それ以外に誰かいただろうか。実験開始後にここへ入ってきた人間はいないはずだ。フィリップは記憶を蘇らせる努力をしたが、物体の中にいる人間が誰だかわからなかった。実験室にも誰もいなかったはずだ。もともと別次元に存在していた人間だろうか。しかし、そんなことがありえるのか。

《5》

目の前に浮かぶ直径三メートルほどの異様な物体。その表面には繊細で幾何学的なシワが不意に現れては消える。そして、物体は少しずつ小さくなっているようだった。その証拠に、時々金属が軋む音が聞こえる。バシッといった甲高い断裂音もしてくる。不思議な光景に対する好奇心でしばし状況を忘れてしまう。しかし、中に人間が一人いる。一体誰なんだ？

フィリップは振り返った。ガラスの向こうに固唾を呑んで事態を見守っているスタッフたちの姿がある。

「みんなアステロイド・ワンへ退避してくれ」

すると、スタッフたちはこの場を去るのが惜しいような素振りで次々に持ち場を離れていった。だが、レスター・プラウズとリュック・ベルトンが実験室に入ってきた。

「プラウズ長官。ごらんの通りこれは明らかに異常事態です。危険です。すみやかにここから離れてください」

「いや、私は実験が成功するまでここから離れないぞ。君こそ事態を収拾してすみやかに実験を再開したまえ」

「長官、何をおっしゃるんですか。この中に人間がいる。閉じ込められている。この異常な空間から救出する方法すらわからない。実験を再開するなんてもってのほかです！」

フィリップの声には多少の怒気が混じっていた。しかしレスター・プラウズ長官の発する圧力のほうが強い。その隣りでリュック・ベルトンがおどおどして、長官の顔色を窺っている。

「私はIMCに人生を賭けている。もしこれが成功しなかったら私は失脚するだろう。だから、一歩もここから動くわけにはいかん！」

「しかし、これ以上実験を続行して、あなたの身に危険が降りかからないとでも？そんなことになったら元も子もないでしょう。彼みたいに異次元空間に巻き込まれたらどうするんですか」

フィリップはグチャグチャにモノや人が詰め込まれた異様な物体を指さした。さっきよりも明らかに小さくなっている。どこまで小さくなるのか。あるいはプランクスケールまで？

「君は誰だ？　どうしてそんなところにいるのだ？」

プラウズ長官が物体に向かって問いかける。すると、「私はアラン・グレイブスです。みなさんと一緒にIMCの研究をしていた。実験室でIMCをモニタしていたんです！」という苦しそうな声が聞こえた。しかし、フィリップもレスター・プラウズもリュック・ベルトンも、アラン・グレイブスという名前にはまったく心当たりがなかった。三人とも記憶を漁りながら首を傾げる。

「どうしたんですか！　私がわからないんですか！　信じられません。さっきまで会話をしていたというのに！　フィリップ！　助けてください！」

苦しげに哀願する声。そこにいるのがアラン・グレイブスという名前の者だとわかったが……。どうやって救出すればいい？　ＩＭＣを再起動させる？　しかしそれには機材をすべて立て直さなければならない。電力の供給もすぐにはできないはずだった。

物体からの金属質の悲鳴が強くなった。アランのうなり声もする。

「苦しい。締め付けられて動けない……」

「フィリップ。私にはアランという男の記憶がないのだが。本当にこの部屋にいたのか？」

レスター・プラウズの問いかけにフィリップも答えに窮した。

「これは私の推測ですが……ＩＭＣの起動によって、カラビ＝ヤウ空間に収まっていた六つの余剰次元が伸長して現れた。彼は、合計九次元のうち、どれかの三次元に絡め取られてしまったのかもしれません。ＩＭＣのエネルギーを断つと、それがゆっくりと収縮してカラビ＝ヤウ空間の中に戻っていく。そのプロセスを、今、我々は目撃している可能性が高いと思います」

「すると、この物体は非常に小さくなる？　プランク長あたりまで？　ということはだ……球体に収まっている物質がそこまで圧縮されるということは……要するにシュバルツシルト半径よりも小さく潰れる。つまり、ブラックホールが発生するというのか？」

　さすがに先端科学技術研究所の所長だけあって、リュック・ベルトンは基礎的な知識は持っていた。

「その可能性が高いです。しかし、小さいブラックホールはすぐに蒸発するでしょう。とはいっても、これから何が起こるのか見当もつきません。早く二人とも退避してください」

「それはできんとさっきも言っただろう」

「この中に閉じ込められているアランという人物は、私とは旧知であると言っていました。それが事実であれば、恐ろしいことが起こっている。物体の時空間に隔離されることで、彼は我々の時空間から抹殺されてしまった。それもただ単なる抹殺ではない。アランという人間の世界線そのものが根こそぎ消滅した。

　つまり、このＭＪＳＵやＧＬＣの住人で、アランを記憶している者はいないということです。おそらく、データベースを検索しても、彼の存在したというデータはどこからも出てこないでしょう。

私たちの属する時空から、つまり、時間をさかのぼって抹殺されてしまったのです」

フィリップの演説を聞いて、プラウズ長官も少しだけ不安な表情を浮かべた。そのとき、大きな悲鳴が聞こえた。この世のものとは思えない断末魔だった。

三人が物体に視線を向けると、今や球形に見えるようになっていた。捻じ曲がった金属に混じって赤いドロドロした液体が一メートルもない球を満たしていた。

「死んだ……」

そういって瞠目しているのはリュック・ベルトン所長だった。球体の収縮する速度が増えている。今では六十センチほどの大きさにまで縮まった。それにつれて、球体を透けて見える色が、どす黒くなっていく。

五十センチ、三十センチ、十センチと小さくなっていくと、強烈な光を発し始めた。

「危険です！　とにかく実験室から出て、あっちへ！」

フィリップがコントロールルームへ二人を押し、ハッチを閉めた。ガラスの向こうは青白い光に満たされ、直視できないほどの光圧が襲ってくる。

「伏せて！」と、二人の護衛が長官を抱え込む。

五人はオブザーバー席の下にかがみ込んだ。その瞬間、轟音と共に部屋全体が揺れた。しばらくして、おそるおそる顔を上げてみると、実験室には揮発性のガスのような靄《もや》がかかっていた。

どうやら全員助かったらしい。それぞれがスーツを払いながら立ち上がる。

靄が晴れてみると、ＩＭＣを格納した頑丈な箱は無傷のようだった。

「フィリップ、実験の立て直しをすぐに始めてくれ」

プラウズ長官は命令口調だった。しかし、この事態を分析しなければ、再開はありえないのが普通だ。

「長官。一人犠牲者が出ています。それは無理です」

「犠牲者？　はて。そんな者がいたのかな。君はさっき、誰も覚えていない、データベースにも記録がないはずだと言ったじゃないか。それが事実なら、犠牲者は存在しなかった」

「なんと……」

「そうだな？　リュック・ベルトン君」

「はぁ」

さすがにベルトン所長にもすぐに出てくる言葉がない。

「我々が聞いた声が人間のものだったのだとしても、それが誰であるか不明で、どこを探してもその痕跡さえ残っていないなら、そもそも初めから存在していないのと同じだろう」

フィリップは戦慄した。プラウズ長官の非情な性格にではない。長官の発言には真実が交じっていたからだ。いや、百％真実と言ってもいい。存在する人間の世界線そのものが消去されてしまえば、初めから存在しなかったことと同じなのだ。

それに。もしあの物体に閉じ込められていたのが自分だったとしたら……。

自分がこの世界から消滅するのは仕方がないかもしれない。しかし、エミリアはどうなる？　自分が存在しなかったことになるのであれば、エミリアも消滅するのだろうか。自分と同時にエミリアの世界線も消え、エミリアの友人たちの記憶からも消える。自分が消滅した瞬間に世界線が抜き取られ、世界は何事もなかったかのように再編されてしまうのか。

フィリップは、ＩＭＣというオーバーテクノロジーの底恐ろしさに身震いした。

「これは命令だ。フィリップ。すぐに実験の立て直しを行え。直属の上司ではない私からの命令が不服であれば、首相のハンク・アロースミスからの命令を今すぐここに届けさせるが」

抗う気持ちを喪失して、フィリップは力なく答えた。

「わかりました」

コントロールルームの外で待機しているはずのスタッフたちを戻すために、フィリップは有線電話を手に取った。

散らばった機材。ぐにゃぐにゃに絡まったコード。そうした実験室のカオスを整理するのに三時間も必要だった。

実験を早々に再開するには労働力が足りない。実験スタッフ六名にフィリップを加えた仕事力はたかが知れている。アステロイド・ワンから応援を呼びたかったが、プラウズ長官に阻止された。その代わりに、長官がコントロールルームへ呼び込んだのは、武装人員五名だった。

彼らは宇宙空間に数時間程度なら生存可能なスーツを着ている。ヘルメットも、緊急時には気密を保てるようになっている。動きにくいはずだったが、実験スタッフの言う通りに機材のセッティングを手伝ってくれた。

プラウズ長官は、さきほどの実験が失敗したという情報は、絶対にこの部屋から外に出さないという顔つきでオブザーバー席に陣取り、実験の立て直しを眺めていた。その隣りにはベルトン所長も突っ立っている。

《6》

着々と準備が進められている中、フィリップとジェフリー・ワタナベは一回目の起動で記録されたデータを解析していた。異様で美しいイシスの歌声は無害だったようだが、また虹色の触手が出現すれば、犠牲者が増えることになる。前回は触手が数メートルで止まったが、それは幸運だったからにすぎない。空間次元の触手は無限に伸びる可能性がある。アステロイド・ワンを巻き込み、木星を飲み込み、太陽系でさえも。

それにしても、空間次元が植物の蔓のように成長し、イソギンチャクのように獲物を狩るとは。

それとも緊急停止措置を行わなければ、無慈悲な狩りは行われずに、あのままこの宇宙は六次元空間に変移したのだろうか。緊急停止がなければあの風船は収縮することはなかった。我々は空間次元が成長し、栄養を断たれて収縮に転じるプロセスを目撃したのだろうか。

フィリップはどうしてもアランという青年のことが気になって仕方がなかった。この世界から不意に弾き出され、ブラックホールになるまで押し潰され、最後は光と化した人間。しかもその痕跡は、彼が生まれた過去にまでさかのぼって、根こそぎ抹消されてしまったのだ。

彼が存在したことを最後に主張したあの爆発は、考えてみれば規模が小さすぎる。$E = mc^2$という公式に当てはめれば、アステロイド・ワンなど吹き飛んでいただろう。

圧縮された物理量は推測するしかないが、おそらく二百キログラム程度はあったはずだ。二百キログラムの物質がすべてエネルギーに変換されたのであれば、近くの木星も吹き飛んでいたかもしれない。ひょっとするとあのブラックホールの底では空間が裂け、ワームホールが発生して、どこかの場所、あるいは他宇宙でエネルギーの放出が起こっていたという推測もできる。

そんな考えがフィリップの頭を占拠して、作業に集中できない。

そこへ、サンドラ・コールマンという女性スタッフの、声帯を使った音声が背後から聞こえてきた。

「ちょっとこちらに来てもらえますか？　見せたいものがあるので」

サンドラは実験を統括するソフトウェアの見直しをしていたはずだ。フィリップは立ち上がって呼ばれた方向へ移動した。

「どうした？　何か異常があったのか？」

イスに座ってホログラムをいじり始めた彼女の向こうで、表示されたアルゴリズムの一部分が赤く変わった。

「この部分です。何かが後から挿入され、改変されています」

「なんだと？」

「ＡＩにアルゴリズム解析をさせると、この部分をアノマリー《異常》として示しました」

「ウィルスなのか？　それともＩＭＣの異変の元凶なのか？　早急に分析してくれ。アノマリーを抽出してモデル化し、機能を特定してくれ」

「わかりました」

　サンドラがさっそくその作業に取りかかるのを見届けると、フィリップは元の位置に戻った。そこでもジェフリー・ワタナベが新たな問題を発見していた。

「フィリップ。重大なことを見落としていたのかもしれません」

「どうした」

「なぜカラビ＝ヤウ空間の膨張が起こったのか。その理由は推測できていますか？」

「エネルギーが異常に流れ込んだからだと思っているんだが……違うか？」

「違うかもしれない。実験データを検証してみると、慣性質量が減っていくのと同時に三本の触手が成長し始めた。これは……推測なんですが……ＩＭＣとはこの三次元空間内の慣性質量を、カラビ＝ヤウ空間内の余剰次元に移し変える働きをするのではありませんか？　そうすれば十次元時空内での慣性質量の総和が保存される。つまりエネルギー保存則は破れません。六次元に慣性質量が浸出すれば、三次元空間での移動が容易になる。あまりに急激にカラビ＝ヤウ空間内の次元に慣性質量の成分が流れ込んだものだから、触手が暴走した、と考えられないでしょうか」

「ふ〜む。ありうるかな」

　しばらく二人は沈黙した。脳内のリソースを総ざらいして、新たに認識した問題を検討する。

「では、慣性質量をカラビ＝ヤウ空間内の六次元に均等に移動させるにはどうしたらいい？　六次元全部に負担がかかるように誘導するには」

フィリップの問いかけに、ジェフが「わかりません」と答える。

「その線でＩＭＣをコントロールする方法を考えてみてくれ、頼む」

フィリップが自分の席に戻ってホログラムに手を伸ばそうとしたとき、再びサンドラから声がかかったのでそちらに移動する。

「アノマリーの抽出に成功しました。これは人格シミュレーションです。ＡＩによるエミュレーションに乗せました。会話が可能です」

ホログラム上に表示されたアルゴリズム構造がＯＮに変わると、男の声が聞こえてきた。

「私を走らせているのは誰だ？　視覚機能がないからわからん。名乗ってくれたまえ」

フィリップとサンドラが顔を見合わせる。

「私はフィリップ・ハトルストン。この実験室の責任者だ。君は誰だ？　何の目的があってここに存在する？」

「そこにいるのはフィリップか！　私だ。フレデリックだ。もちろんフレデリック本人ではなく、人格をそのまま移植したシミュレーションだ」

「なんだと？　どうして君がこんなことをする。目的は何だ？」

「フィリップ、実験に紛れ込むようなマネをしてすまない。どうしても私は立ち会いたかったのだ。オブザーバーとして参加させて欲しいとベルトン所長に頼んだが却下されてしまったのだよ」

「重要な質問がある。君は実験を妨害したのか？」

「いや、していない。そんなバカなことをするつもりはない」

「信じていいんだな？　もし妨害したとなると、タダでは済まない。私にも君をかばうことは不可能だ」

「確かに私は実験には反対の立場を取る。しかし、その一方でＩＭＣには期待しているのだ。ただし、安全な運用が人類に可能であればの話だ。レスター・プラウズ長官のやり方では宇宙は破滅しかねんのだ」

「ほう、そうか」

背後からプラウズ長官の太い声が聞こえた。振り返ると、猜疑心に燃える目がアルゴリズムを示したホログラムを見つめていた。

「護衛！」と、長官が叫ぶ。一人の武装人員が急いで近づいてくる。

「フレデリック・アグニューを探し出して拘束しろ。ただちに」

武装人員は「イエッサー」と声を発してエアロックに向かうが、フィリップはドアをロックした。

それに気づいたプラウズ長官が、「邪魔をするな。これは明らかに実験の妨害行為だ」と気色ばむ。

「待ってください。まだ詳しく話を聞いていません。実際に妨害行為があったかどうかは分析すればすぐにわかります。もう少し時間をください」

長官はしばし沈黙して考えていた。やがて、「よかろう」と答え、武装人員に合図して、さきほどの指示をキャンセルした。そして、フィリップに向き直る。

「フレデリックという人間が何をしたかすぐに分析してくれ」

「わかりました」とうなずくフィリップだったが、やることが一つ増えてしまった。正直いってこの場でフレデリックに登場してもらいたくなかった。

《7》

研究スタッフや武装人員たちが実験の再開に向けて慌ただしく作業する中、顔に走るシワの深さが増したレスター・プラウズ長官、その顔色を窺いながら小動物のようにキョロキョロしているリュック・ベルトン所長、解像度の低いカメラ付きの小型デバイスに移植されたフレデリック・アグニュー、現場責任者のフィリップ・ハトルストン、若手研究者の筆頭ジェフリー・ワタナベが、円形のテーブルの周囲に集まって議論していた。

ＩＭＣの暴走以来、脳ＡＩが機能しないため、音声を使うしかない。

小型デバイスに閉じ込められたフレデリック・アグニューは、グレーの艶消しテーブルの中央にポツンと置かれ、まるで弾劾裁判を受けているかのように見える。実際、議論の端緒はフレデリックへの詰問だった。

「宇宙考古学センター所長である君がどうしてこんな真似をするんだ？　こんなハッキング行為が君の地位を脅かすとは思わなかったのか。すでに君の身柄を拘束する理由は十分にある」と、プラウズ長官が問えば、長方形の小型デバイスが、テーブルの上でブルブルと振動しながら最大限の出力で音波を発生させる。

「私はアンセスターの文化について五十年も研究してきた。だからわかるのです。アンセスターは絶対に自分たちのテクノロジーを他の文明に利用させないと。私は常々ＩＭＣの研究に参加させて欲しいと言ってきました。しかし、叶えられなかった。

言っておきますが、私の見たところ、あの三本の触手は、トラブルではない。あれは絶対に防御機能です。ＩＭＣが暴走したのではない」

フィリップとジェフが顔を見合わせた。ベルトン所長も興味深そうにアゴを撫でている。その可能性は大きいと言わざるをえないという顔で。しばらく沈黙の時間が流れたが、フィリップが静かに小型デバイスに問いかけた。

「ＩＭＣのセーフティ機能について、君の見解をもっと聞かせて欲しい」

「そうか、話を聞く気になってくれたようだな。あの三本の触手は何かを探していた。ＩＭＣが起動する際、なんらかのセーフティロックを解除する方法があって、その信号が確認されなかったために、触手を伸ばして周囲を探っていたように思える。

我々の次元はいうまでもなく、三次元だ。だから、カラビ＝ヤウ空間の内部に折りたたまれていた三つの次元を伸ばして、自分の置かれている環境を探った。そしたらお目当てのものがなかったのだ。未知の生物しかいなかった。それらもろもろの物体を絡め取って、伸ばした三次元空間を収縮させて破壊した。これが私が推測するシナリオだ」

また沈黙が流れた。それを破ったのはプラウズ長官だった。

「フィリップ。どう思う？」

プラウズ長官の鋭い目つきには、どうも焦りが混じっているように見える。フィリップはそんなことを密かに感じた。

「可能性は高いと思います。最初はエネルギーが不均一にカラビ＝ヤウ空間の六次元に流れ込んだと思っていました。しかし、どうして三次元なのか、一次元ではないのか、五次元ではないのか、説明ができません。アンセスターのような超高度テクノロジーが、そんなランダムな空間の伸長、つまり不安定な装置を作るとは思えません。むしろ、セーフティ機能の発動だと考えたほうが納得できます」

フィリップの隣りでジェフもうなずいていた。

「ということはだ……ＩＭＣを起動するにはそのセーフティロックを解除する方法を探す必要があるわけだな」

依然としてアゴを撫で続けながら、ベルトン所長が言った。そのとき、ソフトウェアの解析をしていたサンドラが近づいてきて、「ソフトウェアから実験が妨害されたという事実はありませんでした。フレデリック・アグニューの人格シミュレーションの侵入があっただけです」

「そうか。ありがとう」

礼を言われると、すぐにサンドラは去っていった。

「ふん。妨害行為がなくても侵入行為は事実だ。君の失脚はすでに確定事項だな。天王星の金属水素製造工場か小惑星帯の資源採掘現場での強制労働が君を待っているだろう」

プラウズ長官が不敵な笑みを浮かべた。

「そんなことより、今は実験を成功させるにはどうしたらいいかです。長官、フレデリック・アグニューの存在が有益になってきたように思えますが」

フィリップの指摘にプラウズ長官の笑みが消える。罪をでっち上げて誰かをおとしいれることなど朝飯前の長官だったが、科学的知識を要求される世界では少し勝手が違うようだ。苦虫を噛み潰したような顔に変わった。

「で、セーフティロック対策はどうしたらいいと思う？　フレデリック」

「DNA、ゲノムではないかな」

「ゲノムというのは、アンセスターの、ということか？」

脳内に散在する記憶を点検しながらベルトン所長が言った。

「そう。IMCは近くにアンセスターのゲノムが存在することを確認していたのではないか。あの触手で」

「ゲノムか。ゲノムがあればいいんだな？」

ベルトン所長が閃いたような顔つきになる。その一方でフィリップの表情に緊張が現れた。

「アンセスターのゲノムといっても、どこにそんなものがあるのでしょうか」

ジェフリー・ワタナベの問いかけに、全員が沈黙する。しかし、それぞれの表情は違っていた。

「私はあるという話は聞いたことがある。どこに存在しているのかは知らないのだが」とプラウズ長官がベルトン所長に問いかけた。いろいろな思惟を脳内で駆け巡らせるような表情でベルトン所長は答え始めた。

「アンセスターの遺伝子は、このアステロイド・ワンに存在します」

「なんだと？　それは確かなのか」

「確かです」と答えたあと、ベルトン所長はフィリップに視線を当てた。フィリップは若干うつむいていた。視線の先の男が発言する意思のないことを見て取ると、言葉を継いだ。

「約六年前、先端科学技術研究所は、密かにアンセスターのゲノムを入手して、二人のクローンを誕生させることに成功しています。一人は男の子、そしてもう一人は女の子」

一番激しい反応を示したのはフレデリック・アグニューを格納した小型デバイスだった。すごい振動でテーブルから跳ね飛び、「それは本当なのか！　信じられない！

どうして私に教えてくれないのだ。ぜひ会わせてくれ。六年前というと、今五歳ということなのか！」という叫びが鳴り止まなかった。

ベルトン所長の「すまない……」という視線を感じながら、フィリップは諦めたように顔を上げた。この事実が露見するのを怖れていたが、いつかは訪れるはずだった。

「アステロイド・ワンには五歳半になるアンセスターの少年がいるはずです。私もその経緯はよく知っています」

「本当なんですか、フィリップ」と、驚愕の表情でジェフが見つめている。

「ああ、本当だ。アンセスターのゲノムを編集し、人間の受精卵のゲノムと入れ替える形でクローンが生まれた。アンセスターのＤＮＡは、奇跡的にほぼ人間と同じだった」

「ということは、アンセスターは人類ということ？」

ジェフがかぶりついてくるように身を乗り出している。さすがにプラウズ長官も啞然として口を開けたまま動かない。自分とは違った種類のクレイジーな連中が存在したことに驚いているようでもある。

プラウズ長官を差し置いて、たちまちこの場のキーマンに成り上がったベルトンが、重々しい口調で喋った。

「アンセスターは、おそらく人類の祖先に間違いない。だが、依然として五～六億年前に忽然と消滅した謎は残っているが……」

「私はそういった事実から長年にわたって蚊帳の外だったわけか！　フィリップ、君を恨むぞ」

「このことはどうしても隠しておきたい理由があった。あとで君にも話す。人格シミュレーションじゃない本物にもな」

「そうしてくれ」と小型デバイスが一瞬振動した。そして、当然出てくるのがプラウズ長官の命令だった。

「実験の再開時に、アステロイド・ワンにいるというアンセスターの少年を連れてこい。そうすればセーフティロックが解除される可能性がある」

「確かにそうですが、彼は……。それに、また触手に殺される可能性もあります。一人犠牲者が出たのを忘れましたか」

「犠牲者はいなかったと言ったろう」

「わかりました。実験再開時にその少年を立ち会わせましょう。ただし、アラン・グレイブスの存在を徹底的に探してみてください。あなたの情報機関の長としてのリソースを最大限に使って」

「わかった。やってみよう」

プラウズ長官は無表情でうなずいた。手招きで一人の武装人員を呼び寄せ、何事かを耳打ちする。武装人員は、敬礼したあとにエアロックから出ていった。
アステロイド・ワンの実験区画は、プラウズ長官の権限で依然として封鎖されていた。

《8》

一応、これからのIMC起動実験の方針——行き当たりばったりで何の確実性もなかったが——が決定し、フィリップは実験室内の整備に戻った。機材のセッティングを続けるその右上腕にある小さなポケットには、小型デバイスがクリップで留められていて、フィリップはしつこい質問に攻められていた。

「さっき、クローンは男女それぞれ一人ずついると言っていたな。一体どんなゲノムを使ったんだ？」

電源スイッチを切られたら終わりなので、フレデリックは興奮を抑制した静かな声で話しかけていた。

「エウロパの海底遺跡から発掘した血液サンプルだ。エウロパの遺跡は知っているだろう？　その血液サンプルは、厳重に防護されていた。水中だと電磁波や放射線の影響は少ない。さらに常温超伝導コイルの強力な磁場にも守られていた。おそらく高貴というか特別な血筋のはずだ。収納ケースには美しい紋章が刻印されていた」

「どんな紋章だ？　詳しく教えてくれないか」

「中央に大きな星、その周囲に小型の星が四つ。その間に四つの小さい象嵌《ぞうがん》が並んでいた。星の材料は蛍光性で、元素は不明。おそらくわれわれの利用できるエネルギーでは作り出せないような元素だろう。とても美しい元素で、虹色に光り輝いていた。なによりも驚いたのは、その元素の塊は一定の温度を保ち続けることだ。つまり由来不明のエネルギーを放射し続けている」

「由来不明のエネルギー？」

「そうなんだ。熱を放射しているんだ。これは私の想像なんだが、ダークマターと反応する物質なのではないか。ダークマターはこの瞬間にも我々の体を一秒間に数億個も通り抜けているんだからね。そんな粒子と相互作用可能な物質があれば、ほぼ無限のエネルギーが利用できる」

「ふうむ。それは私の専門外だな。そうだ、その紋章はおそらく、私が司祭《プリースト》と呼ぶ血筋のアンセスターではないかな」

「心当たりがあるのか？」

「あるとも。司祭は歴史のある高貴な血筋だったらしい。アセンション《霊的昇華》を教義とする一種の宗教的ムーブメントの上に王族のように君臨していた。王位につくのは女性だったようだ。だからプリーストではなくプリーステスだな」

「アセンションか……それに女王とは……」

「君も基本的なことは知っているだろう。アセンションとは、私たち生物が肉体的な限界のおかげで絶対に到達不可能な世界へ、何らかの方法を用いて昇華すること。往古の地球で似たものといえば、悟りの境地＝涅槃《ニルヴァーナ》かもしれないな」

「そんな宗教じみたムーブメントというか、文化をアンセスターが持っていたのか？　信じられないな。あまりに原始的だ。古代地球文明みたいじゃないか。彼らは超高度テクノロジーの持ち主で、そんな方向へ関心を向けるとは思えないのだが」

「宗教をバカにしちゃいけないよ、フィリップ。超高度文明だからこそ、宗教的な関心が高まるということだってありうるとは思わんか？　アンセスターなら宇宙の構造のすべてを知っていただろう。持ちうるすべての科学技術を用いて、そういった謎を解明し尽くしたのだ。その結果、知るべきもの、解明するべきもの、知的な好奇心が向かうべき目標がすべて消滅してしまった。ある意味、これは恐ろしいことだぞ。希望が消滅したのと同義だ。これ以上の進歩はありえないのだからな。そして、どうしても解けない謎が残った。つまり自分たちが存在する意味や理由だ。

　自分たちの文明の進歩は、自分たちが実在するという謎にぶち当たって止まってしまった。蛇が自分の尻尾に噛みつくようなものだな。そこで、存在すること自体の謎を解明すれば、次のステージへ進めると考えた。

　私はこう想像する。アンセスターたちは自分たちが存在することの意味や謎をＩＭＣを使って研究していたのではないだろうかと。我々から見ればオーソリティに見える高度な文明でも、最後の謎を解明して次のステージに上昇したいと願っていたのだろう」

「ＩＭＣや重力発生装置の動作原理すら理解できない我々人類には窺い知れない境地というわけだな」

「ここからは推測になるが、アセンションは実際に可能だったのかもしれない。実際にアセンションを果たしたと記述される発掘資料も残っている。彼らは何らかの方法で、より高いステージに自らを昇華させる方法を知っていたようだ。そして、何らかの方法とはＩＭＣを動かす方法と同一のテクノロジーだと私は見ている」

「なんと……。ＩＭＣを使えばアンセスターの宗教教義が実現できるというのか」

「あくまで推測だ。これで私がＩＭＣに重大な関心を抱きつつ、非常に心配している理由がわかっただろう。本音ではＩＭＣの起動実験に成功して欲しいことも」

「君のしつこさが理解できた気がする」

「それで、クローンの二人だが、一人は男の子でこのアステロイド・ワンにいる。もう一人の女の子はどこだ？」

「それは……。篤志家によって扶養されている。本人にもアンセスターのクローンだと知らせずに。篤志家の名前は公表できない」

「そうか。では、なぜ男の子はこのアステロイド・ワンにいるのだ？　ここで二人とも誕生したのだろう？」

「男の子の名前はレスターと命名した。苗字は引き取り手がいないのでまだない」

「なぜ引き取り手がいないのだ」

「先天的な奇形がいくつか発見され、治療中だ。心臓の弁が未熟な心臓弁膜症。寛骨臼の形成異常による変形性股関節症。それに脳容量が大きいことによる頸椎の変形。どれもナノマシンによる治療が可能だが、まだ五歳半ということで見送られている。ナノマシンによるアレルギーショックを引き起こす可能性が高いんだ」

「なるほどな。で、その男の子の血液サンプルは？　王家の中でも位置はわかっているのか？」

「おそらく親族だと推測されている。弟か兄だろう」

「そういうことは私に任せて欲しかったのだがな。正確に特定してみせようものを」

「わかった。そういった発掘資料の分析を君ができるようにベルトン所長に進言しておく」

「しかし……遺跡が発見されると情報本部の連中が真っ先に動く。そして重要なものをすべて掻っ攫《さら》っていく。私たち考古学センターが入る前にだ。いい加減にやめてもらいたいものだ」

　フィリップはオブザーバー席に陣取っているプラウズ長官とベルトン所長を振り返った。二人はエアロックの方に注意を払っていた。

「それは、私にはなんともしがたい。私の権限なんてこの実験区画だけに限られているようなものだし」

そう言いながら、フィリップが二人のＶＩＰに注目していると、その前に小型のストレッチャーが運ばれてきた。レスター少年が到着したようだ。プラウズ長官は本気でまだ六歳にもならない幼児を、ＩＭＣの触手へ晒《さら》そうとしている。あまりに危険だ。

フィリップはため息をついて立ち上がり、コントロールルームへ戻った。そこには、信じられないほどの子供向けの笑顔を取り繕うプラウズ長官がいた。上半身を起こしたストレッチャーの上の少年に向かい、「おじさんと同じ名前なんだってね～」と、愛想を振りまいている。ベッドの傍らには女性看護師が一人付き添い、その手には透明なクリップボードがあった。クリップボードの表面では、多様なグラフや数字が刻々と変化している。

白いスーツに、医療スタッフのロゴを付けた女性看護師は、「あまり刺激を与えないでください」と長官を窘《たしな》めていた。少年は無表情で、ほとんどプラウズ長官のゼスチュアに反応を示さない。

「あまり心臓が強くありませんので」

そう告げられると、長官は身を起こして、ベルトン所長に話しかけた。

「あとどれくらいで実験再開可能かな？」

「フィリップ？」

ベルトンの呼びかけに、フィリップは小型ストレッチャーに近づいた。

「あと三十分程度で可能でしょう」

「そうか」とベルトン所長がうなずいた。フィリップは、女性看護師に向く。

「少年をあちらの実験室に入れたまま、実験を行います。その間、実験室から出ていってもらえますか？　あ、失礼。私はフィリップ・ハトルストン。この実験の責任者です」

女性看護師が応じる。聡明そうな目がよく動き、フィリップやベルトン、プラッズを何回か往復した。

「私はアリス・ビュラン。アリスと呼んでください。三十分程度なら離れていても大丈夫ですが、それ以上は無理です。それに、レスターには付きっ切りでいることを命じられています」

「では、実験が始まるまで、ここで待機していてください。よろしくお願いします」

「わかりました」

そう言うと、看護師はオブザーバー席の横にレスターを運ぼうとしてストレッチャーに手をかけた。そのとき、レスター少年が表情をあまり変えないまま、「止めたほうがいいよ。この実験」と言った。その目は実験室の耐圧ガラスの方に向けられている。

フィリップはアリスの肩に手をかけて止め、ベッドに向かって身をかがめた。

「どうしてだい？」

「だって、一歩間違えればアセンションしてしまうもの。人間には扱えないよ、その機械」

その場にいた人間すべてが驚愕の表情を浮かべた。レスターは無表情ながらあどけない目でフィリップを見上げている。

「どうしてそんなことを知っているのかな？」

「そんなの簡単だよ。これ」

そう言って、レスターは胸までかかっているブランケットの中から手を出した。まだ五歳の少年の小さな手は、小型のハンドヘルドデバイスを掴んでいた。

「それで調べたの？」とフィリップが問うと、「そうだよ」という答えが返ってきた。

この事態に敏感に反応したのはプラウズ長官だった。ベルトン所長を音声到達範囲外へ引っぱっていく。おそらく、機密情報がいとも簡単に五歳の少年によって盗み出されている事実に激怒しているにちがいない。

脳容量が大きいとは聞いていたが、それにしても五歳で機密情報に自在にアクセスするとは。しかもその意味を理解している。この年齢にしては知能が異常に発達しているようだ。

「レスター、私はフィリップ。しばらく、おじさんたちに付き合ってくれないかな。君を危険な目には遭わせないつもりだよ」

「ううん。危険だよ、この実験。これを機会にＩＭＣがＧＬＣにバレるかもしれないよ。でもぼくにはわかるんだ。結局誰も死なないよ」

「そうかい？　でもどうしてそんなことがわかるの？」

「だって、ぼくがここにいるから」

「そうか。そうだといいが」

「さあ、あっちで少し休みましょう。レスター」

看護師がストレッチャーを動かし始めた。フィリップはその様子を微動だにせずに、しばらく眺めていた。

依然として脳ＡＩが沈黙しているため、実験スタッフたちは声をからして作業を進めていた。これだけ声帯を使うのは、全員が初めてといっていい。使い慣れない肉声がかれてくるころには実験再開の目途が立ち、それぞれが配置についた。

フィリップは周囲を見回し、深呼吸した。スタッフたちの視線が集まっている。ガラス越しに見える実験室では、レスターが小型ベッドの上で上半身を立て、小ぢんまりした二つの目で、やはりフィリップを見つめていた。

「では、ＩＭＣの電源を再投入します」と、号令をかけたとき、オブザーバー席にいるアリスが「待ってください」と大きな声を出した。振り向いたフィリップに近づいてくる。

「やっぱり私は彼の近くにいます。実験室で彼と一緒にいます」

おそらくベルトン所長から実験の概要の説明を受けたのだろう。五歳の少年をＩＭＣという怪物の近くに置くことの危険性に気がつかないわけがない。その目が明らかに動揺している。

「しかし、レスター以外の人間がいると、ＩＭＣに排除される可能性がある。これ以上、犠牲者を出すわけにはいかないんだ」

「犠牲者ですって?」

フィリップとアリスの会話がどんな方向へ向かうのか、すぐに予測できたプラウズ長官が、アリスの背後から面倒くさそうに歩いてきた。

「さきほど行われた実験において犠牲者などいなかった。何回これを私に言わせる気だ?　アリス君、安心したまえ、本日このMJSU領域内で、行方不明になった者など誰ひとりとしていない。それは私が保証する。実験は安全だ」

振り返ったアリスが長官の威厳に押されている。しかし、自分の仕事を思い出し、「実験が安全なら私がレスターと一緒にいてもいいはずです」と言い返した。

困った表情をしたプラウズ長官がフィリップに視線を流した。そのとき、隔離された実験室内からモニタを通じて声が聞こえた。

「アリスがここにいても大丈夫だよ」

今度の実験では、三本の触手が発生しても、電源の緊急停止は行わないつもりだった。したがって、もしそれが危険であるならば、ここにいる全員が触手に搦《から》め捕られて消滅するはずだ。どこにいても同じはずである。この緊急切断区画だけでなく、アステロイド・ワンの常駐員全員。あるいは木星系の住人たち。宇宙規模でいえば火星や地球だって同じリスクが降りかかることになる。

フィリップは、この実験が行われることを知らされていないGLC側の人間たちへの罪悪感を覚えた。

「レスターの近くにいてやってくれ」

フィリップがそう言うと、仕事熱心な看護師の表情が明るくなった。

アリスがうなずいて、実験室の入り口に近づくと、ギリギリという金属の擦過音とともに扉が開いた。数時間前の爆発で、実験室の構造が歪んでいた。

ガラスの向こうの少年が、入ってきたアリスに向かって手招きしている。ベッドの近くにあったイスに座ると、看護師はレスターの小さな手を握った。

プラウズ長官がオブザーバー席に戻ったことを見て取ると、フィリップは改めて実験再開の号令を発した。

ガクンとアステロイド・ワンが振動した。しばらくすると前回と同じようにＩＭＣが虹色の燐光を発してゆらめき始めた。一回経験済みのことが繰り返されてゆく。

そして、モニタから聞こえてくる美しい歌声。

たとえ根っこからの邪悪な心の持ち主であっても、この歌声を浴びれば、手の届かない深層に幽閉されていた神聖で清廉な精気が体中を循環して、アルコールの酔いにも似た至福感に溺れてしまうはずである。天使の聖歌なのか、それとも悪魔の掻き鳴らす破滅への警鐘なのか。そのなだらかに変移する周波数の勾配や、ゆらめく音質の透明さの中には、人の心の奥底に眠る無限の存在への憧憬や畏怖を最大限に揺さぶる何かがあった。

おそらく、イシスの歌声をずっと聴き続けていれば、現実世界と人間の意識の間の無数の配線が、ゆっくりと、一本ずつ切れていくに違いない。世俗にまみれた現実世界から切れた心は、素直に次の新しい世界を受け入れる用意ができているはずだ。その新しい世界とは、たぶん、アセンションを果たした者だけが呼吸することができる空気に満ちた、想像すらできない場所だ……。

フィリップは沈思黙考している自分に気がつき、手のひらで頰を叩く。すっかり実験の推移から離れていた。

実験室内では、やはり三本の触手が成長していた。徐々に長さが増えていき、イソギンチャクのように空間をまさぐっていた。

その様子を間近で見ているアリスは、表情を凍りつかせている。悲鳴をあげて逃げ出さないのは殊勝といわなければならない。ベッドの上のレスターは、地球に生息する珍しい動物でも眺めるように、好奇に満ちた目つきをしている。

やがて、数メートルまで成長した触手の一本が、レスターたちの方向へ近づいてきた。その動きによって、空間を走る光の屈折率が変化する。おそらく、触手そのものは見えないのだろう。空間次元の線は、屈折率が無限大になっている特異点の連続体だ。それが明瞭な線として見えているのだ。

アリスがレスターを両手で庇うように身を寄せる。しかし、レスターは「ぼくから少し離れたほうがいいよ」と言いながらその体を押しやる。

だが、看護師は子供を守ろうとして離れる様子がない。

実験室内の二人に、触手が触れようとしている。朝顔などの蔓の成長を早回しで再生したような動きで、触手は二人の周囲を探っていた。そして、レスターを覆っていたアリスの腕に、触手が触れた。

さすがに「キャー」という悲鳴があがる。その様子を見て、フィリップは緊急停止ボタンに手を伸ばした。しかし、不意に伸びてきた手に摑まれ、阻止された。横を見るといつの間にかプラウズが立っている。

「長官！」と抗議の声を出すフィリップ。しかし、長官は落ち着いた様子で、顔を振ってガラスの方向を示す。

今度はレスターがアリスを守るように身を乗り出していた。よく見ると、少年は手を伸ばして触手を摑んでいる。まるで握手でもするように。

レスターは伸びてきたタコの足を摑み、面白そうに上下に振っていた。そのうち笑い声さえ出した。

イシスの神聖な歌声が依然として響く中で実現した、ＩＭＣとアンセスターの、五億年ぶりの邂逅。自分が今ここに存在する意味を探し求めていた子供が、その創造主を発見して安堵した瞬間だった。

その後、ＩＭＣから発生する三本の触手は、室内の機材や人間に絡みつくことはなかった。歓喜に震えるバレリーナのように、シンクロしていつまでも踊り続けていた。

「どうやら破壊的な局面は回避できたようだな」とリュック・ベルトン所長が言った。彼もブラウズ長官と同じように、フィリップの近くに来ていた。

実験スタッフの全員が安堵の表情を見せ、触手の演じる虹色の舞踊を眺めていた。

「ＩＭＣから一メートルの場所で、慣性質量が三十％消失しているのが確認できます」とジェフリー・ワタナベの声がした。続いて、他のスタッフが、「空間圧力計に異常なし。ヒッグス場振動検出装置を見てください。ヒッグス場の振動波形と対称的な波形が現れています。綺麗です。見事です！」と興奮気味に報告した。

「みんな聞いてくれ。まだ実験は成功とはいえない。危機的な状態を回避したばかりの第一段階に過ぎない。ここからは誰も知らない未知の領域だ。心して対処してくれ」

フィリップは周囲を見回しながら、大声で指示を飛ばした。この先は、ＩＭＣへ供給するエネルギーを徐々に増やしていく必要がある。確かにここから先も何が起こるかわからなかった。

《10》

虹色の光を煌めかせて、優雅で不規則な舞いを演じていた三本の触手は、創造主の存在を感知したためか、しだいに小さくなっていく。

フィリップの胸ポケットにくくりつけられている小型デバイスから声が聞こえた。

「どうやらＩＭＣの守護神は矛を収めたようだな」

「フレディ、君のおかげだ。君のアドバイスがなかったら、また犠牲者が出ていたかもしれない」

「それにしても、あのレスターという少年、見事にＩＭＣを手なずけたものだ。まるで子犬をあやすようだった。後ろで睨みを利かせている大人のレスターとは大違いだな」

実験室内では触手が完全に消滅していた。ＩＭＣを収める合金の上部へ収縮していったように見えた。その隣りでは、固まって事態の推移に瞠目しているアリスと、なぜかニコニコしているレスターが身を寄せ合っている。よく見るとレスターがアリスの腕を撫でて、その恐怖心をなだめているようだ。フィリップはモニタを通して実験室内に呼びかけた。

「アリス、レスターをこっちに連れてきてくれ。もうそこにいる必要はないだろう」

その声で我に返ったアリスが立ち上がり、小型ストレッチャーを引き始める。ドアがギリギリと音を立てて開き、アリスたちはオブザーバー席に戻った。スタッフ全員がホログラフィックディスプレイの放つ光に顔を染めて、データの推移を凝視している。その一人が「中心部の慣性質量が四十％減少しています」と告げる。

「よし、エネルギーを十％増やしてみよう。やってくれ」とフィリップが指示を出す。

すると、ＩＭＣの様子が徐々に変化した。合金の箱が薄青い光を放ち始めたのだ。

すぐ隣りに座っているジェフの声が聞こえた。

「フィリップ。慣性質量の変化率をマッピングしました。見てください」

目の前のディスプレイにジェフの作った３‐Ｄマップが展開された。今のところ、慣性質量の変化は、ＩＭＣを中心に半径五メートル程度の範囲で起こっている。しかしその３‐Ｄマップの形は、ＩＭＣから離れるごとになだらかに慣性質量が減少していき、五メートルほどでストンと変化率がゼロになっている。つまり、今のところ慣性質量の変化は直径十メートルというローカルな範囲にしか起こっていないということだ。

それから、ＩＭＣの中心部あたりの変化率が極端に大きい。薄青い光はそこから発し、合金の箱さえ透過しているように見える。

この事実にフィリップは驚いた。こうした現象を、ある範囲内だけで限定的に発生させる機構というのはどういうテクノロジーが可能にするのか想像もできない。

たとえば、空間の曲率で表せる重力場にしても、太陽の重力は理論的には宇宙の果てまで届いているはずだ。それがどんなにわずかなもの、検出不可能であってもだ。ところが、ＩＭＣはその影響範囲を離散的に限定することができる。あたかも与えられたエネルギーによって飛び飛びの値をとる電子軌道のように。

その後しばらく、事態は平和に推移した。エネルギーを少しずつ増やしていくと、それにつれて慣性質量が変化する空間も大きくなっていく。そのローカル現象の先端がコントロールルームまで届き始めたとき、フィリップは体が軽くなるのを感じた。

この場にいるスタッフたちもそれに気づき、腕を振ってみたり、立ち上がって蹴る真似をしたりしている。腕を左右に振ると、いとも簡単に動くのだ。ずっと振り続けていても疲れそうにない。さらに、イスから立つと、足に力を入れるまでもなくフワリと腰が浮き上がる。

これが慣性質量の減少か、と、フィリップは内心呟いた。おそらく思いきりジャンプすれば、天井に頭をぶつけてしまうだろう。

「慣性質量減少範囲をＩＭＤＲ《Inertial mass decrease range》と命名する。みんなどうだ？　ＩＭＤＲ内にいて不快、生理的変化、恐怖を認める者はいるか？　実験の続行の可否について意見のある者は？　いたら遠慮なく言って欲しい」

フィリップがそう呼びかけると、予想通り大人のレスターが近づいてきた。

「何の問題もない。心理的、生理的、危機管理的、宇宙倫理的にもだ。実験の続行を推奨する」

振り返ると、自らの体でも慣性質量の低下を感じて満足しているらしいプラウズ長官の、珍しくにこやかな顔が見えた。フィリップは視線を隣りのジェフに戻して問う。

「今、我々はどれくらいの影響を受けている？」

３－Ｄディスプレイのグリッドを何本か動かしながら、ジェフが答える。

「そうですね、六～七％程度でしょうか。それだけの変化で、こんなに体が軽くなるのですから、二十％～三十％に達したらどうなるのでしょうか。相当な変化が感じられるはずです」

「では、十五％程度になるまでエネルギーを増やしてみよう。やってくれジェフ」

「了解です」

再び振り返ると、二人の会話を聞いていた長官がポケットに両手を入れて、満面の笑みを見せていた。うんうん、とうなずいている。邪悪な表情が吹き飛び、最愛のわが子が宇宙ノーベル賞でも受賞したような喜びよう。このイシス・プロジェクトの裏には、一体何が潜んでいるというのか。フィリップは長官のあまりに大きい期待に、少しだけ釘を刺しておきたくなった。

「いいですか長官、慣性質量が低下していくと、私たちの体に深刻な影響が出てくるはずです。その影響の筆頭は、心臓および全身の循環器系です。血液の重さがなくなるということは、心臓が血液を送り出す力が小さくてすむということです。すると、心臓の動きがおかしくなる可能性があります。不整脈、頻脈、徐脈などが考えられるでしょう。長時間のＩＭＤＲへの滞在は、必ず生理学的な影響を与えるはずです。

現在、我々は心臓機能をモニタしてくれていた脳ＡＩを失っています。しかし、幸いなことにレスター少年の心臓モニタは動いています。その波形に少しでも異常が現れれば、直ちに実験を中止させてもらいます」

予想される反駁《はんばく》を無視するために、フィリップは体を翻してオブザーバー席へ向かった。体が軽く、ちょっと足に力を入れれば、不意にイスやコンソールへ激突しそうな感じがする。そして、いくつか並んでいるシートの端に控えているレスター少年とアリスに声をかけた。

「レスターのモニタに異常が現れたらすぐに教えてくれ」

アリスが手にしている透明なディスプレイには、輝線が山や谷を描き、細かな数値がせわしなく動いていた。それを示しながら、アリスは「わかりました」と返事をする。

「ＩＭＤＲが二十メートルまで拡大。域内の慣性質量は平均十五％減少しています」

ジェフに声をかけられ、フィリップはそこに駆け寄る。勢いがついて、コンソールに手を当てて体を止める必要があった。体を止めるにも力が必要ない。こうした環境でうまく体を動かすには慣れが必要なようだった。

実験室内を見ると、ＩＭＣから発する薄青い光はさらに強くなっていた。照明に照らされて渦巻く煙草の煙のように、微細な渦や模様がはっきりと見てとれる。その光の様子は、リズミカルに急変する。次に現れたのは太陽に照らされたプールの底のような、格子状の波紋のゆらぎ。光の形相パターンがいくつか循環して切り替わっている。

これは、おそらくあのイシスの歌声にシンクロしているのだろう。どうも精神的な変調を起こしたり、深い記憶の底へ引き込まれそうになるため、イシスの歌声のモニタは中止していた。

「ＩＭＤＲが三十メートルまで拡大。域内の慣性質量減少の平均、二十％に達しました」

若干興奮したスタッフの声が聞こえた。ガラスの向こうで輝く薄青い光の乱舞もさらに強くなってきている。不意に、フィリップは実験室に入ってＩＭＣを直接見たくなってきた。超硬度ガラスやモニタを通して見る以外の何かを感じ取れるかもしれない。

実験室の扉を開ける。その様子を見て、ジェフリー・ワタナベも席を立ち、後に続く。十メートル先にある合金の箱を目の前にして、フィリップは立ちすくんだ。直視できないほどの光量と、熱くはないけれど、手で受け止められるほどの光圧を感じたからだ。実験室に入った二人は、思わず腕で顔を覆った。

「この光をどう思う。原因を推定できるか」

「これだけのエネルギーですから、何かがＩＭＣの中心で発生していることは確かです。真空エネルギーでも吸収しているのでしょうか。量子的ゆらぎによる対生成。その仮想粒子を片っ端から捕獲してエネルギー化する機構でもあるのでしょうか」

「物質粒子が光と化しているということだろうか……」

フィリップは、かつてここに存在していたらしいアランが使っていた机の上から、棒状の工具を手に取った。それを腕で前方に伸ばしながら、ＩＭＣに近づいていった。するると、五メートル手前で工具の金属部分が尋常ではない白熱光を発し始めた。不思議なことにその光からは熱を感じることができない。

「なんだ、これは……」と、フィリップが呟く。その様子にガラス越しのスタッフたちや二人のＶＩＰたちも注目していた。

「危険です。接触させたいのであればロボットにやらせましょう」

傍らから声をかけられ、フィリップは工具を引き戻した。ＩＭＣの影響を離れると、工具の金属部分に変化は見られなかった。

すぐに、ＡＩを搭載したロボットが用意された。しかし、今必要なのは複雑な操作を自律的に行える知能ではなく、モノを摑んで近づくという単純な操作だった。骨組みだけで、人間らしさのかけらもない、一・五メートルほどの高さの無骨なロボットが、二本のアームを前に差し出しながら、遠隔操作でＩＭＣに近づいていった。

すると、金属部分が白い光を発し始めた。さらに近づくと、ガラス越しでも目が開けられないほどの光で溢れた。

ＩＭＣを収めた合金の箱に触れたはずのロボットをコントロールルームへ回収すると、腕が無くなっていた。綺麗に蒸発していたのだった。

「これは一体なんだ？　どういった現象なのだ？」

ロボットを調べていたフィリップとジェフの肩越しに、ベルトン所長が疑問を発した。しかし、誰も答えることができない。その中で一人だけ声を出したのが小型デバイスに閉じ込められているフレデリック・アグニューだった。

「これこそアセンションではないだろうか？」

「今なんと言った？」

少し荒々しい調子のプラウズ長官の声も聞こえた。

「これがアセンションなのか……。つまり、物質の慣性質量がＩＭＣの作用でゼロになる。質量がゼロということは、つまり、光子になるということなのか……。物質粒子の振動パターンを変えればすべての物質は光になる。いや、その逆もありうる。光子の振動パターンを変えれば質量を獲得して物質粒子になる……」

誰に向かって言うでもなく、フィリップは呟いた。自分が声に出していることも気がつかなかった。そして、いまだに地球で読みつがれている聖書の冒頭で、神が世界を創るときに発したとされる「光あれ」という言葉を思い出していた。

《11》

フィリップは、「注入するエネルギーを現在の半分にしろ！」と叫んだ。

ＩＭＤＲ《慣性質量減少範囲》がこれ以上拡大することは絶対に避けなければならなかった。中心部分に存在するアセンション・エリア。触れるすべての物質粒子を光子に変換してしまう、未知の領域の存在が明らかになった今となっては。

そこではどのような物理現象が起こっているのか知る必要がある。それが解明されない限り、ＩＭＣを実用化できるわけがない。

目の前でゆらめく青白い光。その紋様の規則的変化が、以前よりも速くなってきている。発する光も急増している。光のベールの向こうにある合金の箱。その縁にある規則正しい直角部分が、波打っている。あれは、光の屈折がそのように見せているのだろうか。いや、違う。硬度があるはずの合金が、ゼリーのように軟弱な動き方をしているのだ。

それを確かめたくて、フィリップが再び実験室へ入ると、ジェフが「やめてください」と叫びながらついてきた。

「君はあっちへ戻っていろ」と、フィリップがコントロールルームのガラスを指差した。そこには数人のスタッフたちの驚愕に満ちた顔。そして、下の方には少年の小さな顔も見えていた。レスターはベッドをガラスに近づけてもらい、両手を枠にかけて実験室を覗き込んでいる。

注入するエネルギーを半分にしたはずなのに、ＩＭＣとそれを取り巻く特異な現象は収まらない。それどころか、しだいに光の強さが増している。合金の揺れも激しくなっている。

フィリップが右手を振りながら「エネルギー供給停止！」と叫んだとき、それが起こった。

直径十メートルはある実験室内に、目を手で覆っても眩しいほどの光が爆発した。フィリップとジェフは、凄まじい光圧に吹き飛ばされて壁にガツンとぶち当たり、床に転がった。だが、その光圧には熱が感じられなかった。

わが身を襲った特異な暴風と、あまりの光量で視神経が侵されてしまったことを感じながら、フィリップはなんとか気を取り直して立ち上がり、コントロールルームへ続くドアを目指す。その途中で、ジェフが足元に転がっているのに気づき、手を取って立たせた。

コントロールルームもパニック状態だった。ガラスから一番離れたところには数人の護衛が団子になっていた。中にはプラウズ長官がうずくまっているのだろう。持ち場を離れて右往左往しているスタッフたち。その中でもサンドラだけが、３－Ｄディスプレイに張り付いて、事態の記録とソフトウェアの進行を管理していた。

ガラスの前では、傍らにアリスを従えて、レスターがまだ実験室を覗いていた。フィリップが近づくと、「おじさん、あれ見てよ」と指差す。

その方向を見ると、なんとＩＭＣを覆っていた合金の箱が消滅していた。むき出しのＩＭＣは薄い緑色に輝き、エネルギーの供給を断たれたのに依然として光の乱舞の中心にいた。

「だから言ったのに。人間にＩＭＣは扱えないよ。これ以上実験を続けると、みんな消滅しちゃうよ。アステロイド・ワンも木星も消えちゃうよ」

息が荒くなっていることに気がつき、言葉を出すためにフィリップは深呼吸をした。

「君の言う通りのようだな。これ以上の実験は危険だ。しかし、たった今何が起こったのか解明する必要がある」

「そんなことより、あれどうするの？　よく見てごらん。エネルギーを供給していたケーブルもなくなっているでしょ。ＩＭＣに接続していたすべてのケーブルが消えちゃっているよ」

網膜が焼けてしまっているのか、視界を覆うひどい靄の中、フィリップはＩＭＣに目を凝らした。すると、レスターの言う通り、今やＩＭＣはスタンドアローンの状態だった。何ものにも接続されていないし、依存してもいない。これでは物理的なデータを取ることもできない。何より不可思議だったのは、エネルギーの供給なしでＩＭＣが依然として動いていることだった。

「君は知っているのか？　ＩＭＣがどんなエネルギーを利用して、今動いているのか」

「アセンションが起こせるほどＩＭＣの内部状態が励起してしまったから、たぶん、真空エネルギーじゃないかな。あのまま永遠に動き続けるかもしれない。寝た子を起こしちゃったね。どうやってまた寝かせたらいいのかわからないのに」

「そうなのか。真空エネルギーに依存しているということは、要するに一つの素粒子があそこにあるというわけだな。図体はでかいが一つの量子的実体と見なすことができるわけか……。ということは、あの光も、イシスの歌声も、量子的なゆらぎを反映して拡大されたものなのだろうか」

「そこまでぼくは知らないな」

強烈な緑色の光を発するＩＭＣを格納した箱は、高さ四メートル程度の金属製だった。金属といっても材質は不明。言えることは、アセンションしない素材で作られているということだけだ。

その中にあるＩＭＣの表面には複雑な幾何学模様が刻まれていた。最初は何の模様だかわからなかったが、量子顕微鏡レベルで拡大すると、すべてが微細な大規模集積回路であることがわかった。これをすべて分析するとなると、ＡＩに作業をさせたとしても数年はかかるという計算が成立した。そこまで待てないＭＪＳＵの上層部は、イシス・プロジェクトと命名して、手っ取り早く実際の稼働を目指したというわけだった。

武装人員の鎧の中から出てきたレスター・プラウズ長官、視力を回復しようと目薬を差すジェフリー・ワタナベ、有害な光でも避けるかのように手を顔にかざしているリュック・ベルトン所長が、いつの間にかレスター少年のストレッチャーの周囲に集まっていた。みんな言葉が少ない。アランが閉じ込められた異次元空間の爆発。そして、たった今発生した金属物質のアセンションによる光の暴風。これだけ体験すれば、いくら修羅場をくぐり抜けてきたプラウズ長官といえども、少しは恐怖心も湧いてくるはずだった。ところが、口角の下がった長官の口から吐かれたのは、「早く実験を続けてくれたまえ」という言葉だった。

「何を焦っているんですか。見てください。ＩＭＣは今、スタンドアローンの状態です。それなのに動いている。あれを止める方法がわからないばかりか、近づくモノはすべて蒸発してしまう。一体どうしろというんですか」

フィリップは、自分の発言に感情がかなり混じっていることに気がついた。それに呼応して長官の顔にもきつい表情が現れた。

「それを考えるのが君たちの仕事だろう」

「どうやら今のＩＭＣは一つの量子的単位と見なせるようです。量子的な存在にはゆらぎという物理的特性が付随します。私はゆらぎ、という不確実な現象について非常に憂慮します。要するに、何が起こるかわからないということですから」

それを聞いたベルトン所長が口を挟んできた。

「量子的な微視的現象が、あの大きな物体にも起こるというのか。つまり、あの機械は今、確率波という形で存在しているというのか」

この問いに答えたのはジェフだった。

「そう考えるのは無理があるでしょう。あれだけ大きさがあれば、無数の光子の観測、つまり衝突や相互作用が起こっている。観測されないまま収束せずに波動関数の状態でいられることはまずありえないはずです」

「でも、ＩＭＣからの反重力で物質粒子は近づけないよ。相互作用は起こらないよ。ＩＭＣの形が見えているように思えるのは、ＩＭＣの形をなぞったアセンション・エリアから、光の放射が起こっているからだと思う」

レスター少年がベッドから大人たちを見上げている。「なんという子なんだ……」と漏らしたのはベルトン所長だった。

「ということはだ、あれだけ大きい装置が波動関数の状態で収束せずに存在している可能性もあるというわけだ。いや、そうでなければならないはず。ＩＭＣが慣性質量の減少機能を発揮する条件とは、波動関数の状態へ移行することに違いない」

　フィリップの断定に抗う者はいなかった。したがって、とフィリップが発言しかかったとき、ジェフが言葉を継いだ。

「ＩＭＣの波動関数を収束《デコヒーレンス》させれば、ＩＭＣは機能を停止する。しかし、その実現は困難かもしれません。相互作用しようと近づく物体を片っ端からアセンションさせてしまうのですから」

「う～む」と、この場にいる大人たちが唸る。その様子を面白そうに見上げているのはレスター少年だった。

「一つだけ方法があるかもしれない」とレスターが言ったとき、継続していた異変の規模が急拡大した。

《12》

今や凄まじい光の渦を身にまとっているＩＭＣの、本体から数メートルまでアセンション・エリアが増大していた。そのエリアにあった酸素や窒素、二酸化炭素といった物質が消失し続け、真空状態になる。すると、そこへ実験室に残っている空気が流れ込む。それがまたフォトン《光子》となって消える。その物理現象の循環が暴発的に起きている。実験室内は急速に減圧し、真空状態へ近づいていった。それを感知した環境維持システムが空気を実験室に供給する。

モニタからは気体が引き裂かれる甲高い音が響いている。イシスの歌声とは違い、不快でトゲトゲしい音だった。

目視でもＩＭＤＲやアセンション・エリアが急拡大しつつあることがわかる。フィリップは実験区画の切り離しを考え始めた。

ＩＭＣが存在する区画を緊急射出すれば、一時的には危機を脱することができるが、その後はどうなる？　実験区画は毎秒七キロの速度で太陽へ直行するようにプログラミングされている。だが、まさかとは思うが、太陽まで消滅させてしまうことになるのだろうか。そんなことになったら太陽系は終わりだ……。

考えを巡らしている間にも、ＩＭＣの勢力範囲は成長する台風のように大きくなってきた。すでにコントロールルームと実験室を隔てる耐熱ガラスの近くまで達している。そして、実験室が一瞬にして相転移したかのように水蒸気の雲に覆われた。ＩＭＣの向こうの壁がアセンション・エリアに接触して消失したようだ。穴が開き、そこから宇宙空間へ残余の空気が流出しているのだ。実験区画本体が壊れかけていた。

「全員退避！」とフィリップは叫んだ。もうこの事態の収束は期待できない。手元にある警報ボタンを押す。この信号はアステロイド・ワンのすべての常駐員に届くはずだ。

あわてるスタッフたちや、悔しそうな顔を見せるプラウズ長官、恐怖の表情を浮かべたベルトン所長が連れ立ってエアロックへ向かう。武装人員たちはレスター少年のストレッチャーを持ち上げて、エアロックへ駆け込む。耐熱ガラスの前に残ったのはフィリップとジェフリー・ワタナベだけだった。

「さて、あとは緊急切断ボタンを押すタイミングだな」

横顔のままそう言う上司の肩に、ジェフが手を載せる。

「まさかこんな事態になるとは。すでに我々はボロボロです。本当にＩＭＣとは恐ろしいものでした。あんなものを扱えるようになるとは思えません。アンセスターたちはこうした暴走を止める方法を知っているのでしょうか」

「進んだテクノロジーは魔法のように見える……か。昔の人の言葉だが、当時から比べると格段に進歩している我々にさえ、ＩＭＣは魔法のようだ」

フィリップは深刻な顔つきで感慨を漏らす。

「そろそろ退避しましょう」と促されても、フィリップは動かなかった。

「どうするつもりですか。もうすぐコントロールルームまで影響範囲が及びます。わかっているとは思いますが、我々も真空中に投げ出されます」

フィリップはガラスの向こうを見つめたまま、答えなかった。その数秒後に、アセンション・エリアがガラスに触れた。キューンという音と共に、触れた部分が光を発して蒸発していく。すぐにガラスに穴が開いた。そこからコントロールルーム内の空気が吸い出されていく。

「退避を！」と、ジェフが開いているエアロックを指差して叫ぶ。その手がフィリップの右腕を摑んで引っ張る。

「わかった」と、力のない声を発するものの、フィリップは依然として動こうとしない。その体を部下が必死に揺さぶり、目を覚まさせた。

最後まで残っていた二人がエアロックに駆け込もうとしたとき、一気にガラスが消失した。すると、コントロールルーム内にも蒸気の靄が一瞬のうちに満ちた。ＩＭＣの光がすでに部屋の中央まで達している。

そんな様子を後目《しりめ》に、エアロックの扉を閉めようとすると、アステロイド・ワン側のドアが開いて、「やめなさい！」という女性の叫び声が聞こえた。そこにはベッドから飛び降りたレスターがいて、フィリップたちをすり抜けてコントロールルームへ走っていった。

「待て！　レスター、何をするんだ！」と、叫ぶフィリップ。

振り返ったレスターは、妙に平和な笑顔を見せたが、すぐに前を向いて、今は空洞になっているガラスの方向——凄まじい光圧の渦巻く嵐へ走った。

光のためにほとんどレスターの姿がぼやけて見えなくなったが、フィリップはそれを追いかけようとする。しかし、部下に肩を摑まれて止められた。

「ダメです！」

「あの子はどうするんだ」と、フィリップが叫んだとき、光の渦の方向から「うわ〜」という子供の声が聞こえた。ホワイトアウトした視界からはほとんど何も見えなかったが、レスターが床に倒れたのが直観的にわかった。そして、今まで吹き荒れていた暴力的な光が収まっていった。

「レスター！」

フィリップとジェフがコントロールルームへ突入すると、床でうごめくレスターがしきりに左腕を動かしていた。「痛い。痛いよ」と泣き叫んでいる。

ＩＭＣの光は収束し、半分ほど宇宙空間に露出している実験室内からも狂おしい光の嵐が消え、あたりはブラックアウトしていた。しかし、真っ暗になったのは一瞬だけで、天井の非常灯が点灯し、視界を確保できるだけの光量で室内を満たした。

「どうした！」と駆け寄るフィリップとジェフ。そこには右の上腕から手先までと、右足の一部が切り取られたレスターがもがいていた。その様子に二人の大人は凍りつく。

「アリスを呼べ！　救急チームもだ！　早く！」

無言で体を翻し、ジェフがエアロックへ向かう。レスターの右腕や右足の消失した部分からは血が大量に流れ出ていた。

フィリップは両手で少年の右腕と右足を締め付けた。すると、出血は少なくなったようだった。

「君はもしかすると、ＩＭＣの暴走を止めてくれたのか？」

「そうだよ。ぼくを傷つけたことがわかったら、ＩＭＣは止まると思ったんだ」

苦しさの中で、まだ五歳の少年は顔を引きつらせながら答えた。

「すまない。レスター、ありがとう。今救急隊が来る。もうちょっと辛抱してくれ」

「うん。……でも、なんか変な感じがするんだけど」

そう言ってレスターは露出している宇宙空間を、残された手で指差した。普通、アステロイド・ワンの窓からは、星が大量に見える。ゆっくりと自転しているため、時々巨大な木星も望める。ところが、宇宙空間は真っ黒だった。星が一つも見えないのだ。

　そこへ、アリスと救急隊が到着した。レスターの様子を見たアリスは唖然として言葉を失う。三名の救急隊員が応急措置を開始した。フィリップが腕の切り口近くを締めていた手を離すと、レスターは「うっ」という声を漏らす。

「頑張ってくれ。アステロイド・ワンの医療システムは完璧だ。必ずよくなる。またすぐに会おう」

　救急隊員に抱きかかえられたレスターに、フィリップは声をかけた。振り返ると、ＩＭＣは宇宙空間へ漂い出していた。壊れた実験室の大きな穴から、ゆっくりと離れていくのが見えた。

アステロイド・ワンはコアに存在する重力発生装置によって０・３Ｇの重力を保っている。そのため、宇宙空間に暴露された実験室内が完全に真空状態になることはない。急減圧に晒されたあとでも多少の空気が残存してはいるが、ほとんど呼吸することは不可能だった。

アセンション・エリアの急拡大やレスターの負傷といった出来事で、自分の周囲の酸素がわずかしかないことすら忘れていたフィリップは、過呼吸に陥りながらエアロックを閉め、アステロイド・ワン側の通過ゲートをくぐった。すると、気管を通ってきた濃密な気体を、肺が貪り食うのを感じた。

そのまま先端科学技術研究所のブリーフィングルームへ急ぐ。緊急事態が発生したらそこに主要なメンバーが集まる手はずになっている。走りながらＩＭＣが宇宙空間の暗渠《あんきょ》へ漂い始めた光景を思い出していた。アステロイド・ワンに重力があることを考えれば、無重力状態のように浮遊することはありえないはずだ。つまり、現在のＩＭＣは質量を失っているということなのだろうか。

《13》

ブリーフィングルームには、プラウズ長官やベルトン所長をはじめ、レスキュー隊責任者マイケル・ベック隊長もいた。ほとんどの人間が薄青い色をした緊急用スーツを身に着けている。このスーツは半日程度なら真空中で生命維持が可能だ。素材はカーボンナノチューブ繊維。地球で海に潜るときに着用するウェットスーツのように体にフィットし、動きの制約は少ない。いざとなれば頭部も透明なカーボンナノチューブ製のヘルメットで覆うことになるが、現在は周囲に空気が満たされているため、後頭部から首にかけて折りたたまれている。

ブリーフィングルームの奥には巨大な3－Dディスプレイがいくつもの輝線を躍らせ、演壇のようになっている情報集約コンソールには、この衛星の主要な人員が集まっていた。

そこへ走り込んだフィリップが、ベルトン所長やプラウズ長官たちに向かって「IMCがアステロイド・ワンから離れていきます！」と告げる。

「なんだって？」と、小惑星の総責任者でもあるベルトンが、意味不明な顔をしてみせる。

「IMCが実験室から宇宙へ漂い出すのを見ました」

すると、ベルトンは傍らに控えているベック隊長に顔を向けた。ベックだけカーキ色のスーツを着ている。年のころは四十代といったところで、顔の皮膚はずいぶんと放射線焼けをしている。

「マイケル、IMCをレーダーで捕捉して回収してくれ」とベルトンが言う前から、ベックは小型無線機で部下に指示を出していた。それが終わると片手を上げ、幹部たちに無言で合図し、ブリーフィングルームを出ていった。

どうやらコントロールルームに限らず、現在のアステロイド・ワン全域で脳内に埋め込んだ量子AIが使用不能らしい。域内の通信は前時代的な無線機や有線で行われているようだった。だが通信端末が少ないため、エネルギー制御系やネットワーク管理技術者たちがせわしなく出入りし、報告し、去っていく。特に忙しそうにしているのは、情報管理系と危機管理系のスタッフたちだ。

情報集約コンソールの画面には、アステロイド・ワンの全景が映され、全部で十個ある実験区画の一つが赤く表示されていた。その周囲にあるゲートにはLOCKEDという文字がいくつも点滅している。そのさらに奥で、プラウズ長官がいつもの武装人員をしたがえてイスに座っていた。少し放心したような表情で慌ただしいブリーフィングルームを眺めている。

「フィリップ。ＩＭＣの実験はひとまず中止だ。少し休んでくれていい」

ベルトン所長が声をかけてきた。

「そうですか。よくあのプラウズ長官が許しましたね」

「さすがにこんな事態になればな。我々はとんでもない状態に陥っているようだ。それもこの小惑星ごとだ。木星とのネットワークが切断されているのだ。それに、光学系の観測でも異常が発見された。我々の周囲には木星が存在しないどころか、太陽、系内の各惑星、今まで見えていた夥しい恒星すらなくなっている」

「どういうことですか。私も実験区画を離れる前に、宇宙空間がブラックアウトしているのは見ましたが」

「今のアステロイド・ワンは異空間に存在しているとしか思えない状況なのだ。ＩＭＣが起動した時間とネットワークが切断された時間が一致している。あきらかにヤツ《ＩＭＣ》の仕業だろう」

「仕業ですか。ＩＭＣにそんな意図があったとは思えませんが」

「とにかく何もないのだ。我々の存在する空間には……我々以外に。それで、さっきからスタッフ全員が焦って情報収集に走っている。ＩＭＣのテスト起動は些細な問題になってしまった」

　ベルトン所長の顔色が若干白くなり、緊張しているのがわかる。それを見て、フィリップの心の中にも事の重大性が不安な形を伴ってむくむくと湧き上がってくる。

　この小惑星は反物質炉や核融合炉を備えている。数年程度は安定した生存環境を保てる。食糧を作るプラントもあるし、水も空気も作れる。

　とはいっても。我々が属していた宇宙から切断されてしまったとしたら……。

　フィリップは余剰三次元に閉じ込められて消滅したアランを思い出していた。我々も同じ運命をたどるというのだろうか。だが。この現象がＩＭＣの引き起こしたものだとすれば……。

アステロイド・ワンにはレスターがいる。ＩＭＣはレスターに危害を加える意図を持つとは思えない。これは何かの間違いだ。ＩＭＣの暴走中、レスターが身を犠牲にしてそれを鎮めたとき、何かの間違いが起こったのだ。それ以外に考えられない。

そこへ、夥しい情報を必死に処理していたベルトン所長の直属の部下が報告しに来る。

「現在アステロイド・ワンに存在する人間の総数は百四十五名。負傷者はレスター少年の一名のみ。木星系、太陽系との通信はあらゆるバンドにおいて不可能。全天に向けて長波からマイクロ波の指向性電磁波を発信しても反応なし。つまりレーダーは何も捉えません。また、全天からの電磁波の放射もゼロです。

さらに赤外線から紫外線、宇宙線の観測も試みましたが、すべてネガティブ。私たちが存在しているのは完全な虚空だと思われます」

「う〜む……」

ベルトン所長もフィリップもしばらく言葉を失った。数十秒のあいだ凍りついた。やっと自分の思惟を取り戻し、言葉にしたのはフィリップで、所長の部下に顔を向けて、ゆっくりと話し始める。

「この宇宙空間において何もない、ということはありえない。プランクスケールでは量子的ゆらぎ、つまり真空エネルギーのゆらぎによって仮想粒子が対生成・対消滅をしているはずだ。微小重力波だって……。とりあえず、量子的な現象にスケールダウンして観測してみてくれないか」

フィリップの言葉を聞いた部下はベルトンに目を向ける。

「やってくれ」とベルトンが指示を出すと、部下は「わかりました」と言ってブリーフィングルームを出ていった。それと入れ替わりに、一人のレスキュー隊員が近づき、「IMCの回収を完了しました。第一実験区画に固定してあります」と報告する。

「うむ、ありがとうとベックに伝えてくれ」とベルトンが返すと、レスキュー隊員は敬礼してブリーフィングルームを出ていった。

ひとまず安心という表情を見せ、フィリップがふぅ～と息を吐き出す。すると、ここ数日の疲れが一気に噴出してきた。体中の毛細血管に粘土を流し込まれたような不快な疲れ。首から頭にかけて見えない手に掴まれているような重い頭痛もある。今まですっかり忘れていた。

フィリップは自分の部屋に戻って少し休むと告げ、ブリーフィングルームを出た。

「完全な虚空か……」そう呟く彼の脳裏には、最愛の娘、エミリアの姿が浮かんでいた。なんとしてでも戻って、彼女を抱きしめたかった。自分がいなくなってしまえば、彼女は一人になってしまう。ＭＪＳＵにもＧＬＣにも、エミリアの親類縁者は誰もいないのだから。

《14》

木星軌道～準光速船ドック

昨日の十二時間勤務では、特別に変わったことはなかった。ただ、木星軌道を周回する大型ステーションの一つに、直径数メートル程度の隕石が近づくので、反物質ミサイルで蒸発させる仕事が一回だけあった。

木星は大きい。その周囲をめぐる人工物の範囲は、直径二十万キロにもなる。今回ミサイルが選択されたのは、目標物までの距離が遠いためだった。ヒットポイントがもう少し近ければ、一回のレーザー照射で済んだはずだ。

レーダーが隕石や氷の塊を察知すると、その軌道は瞬時に計算され、危険があればすぐにＡＩが知らせてくれる。あとは３－Ｄディスプレイに示された発射許可ボタンに触れるだけだ。照準も自動だし、使うべきミサイルの種類もすでに選択されている。

弾頭に反物質が仕込まれるようになってから、ミサイルは超小型化した。なにしろ三十メートルの小惑星を吹き飛ばすのに、〇・五グラム程度の反物質しか必要がないのだから。そんなわずかな反物質でヒロシマ型原爆の半分ほどの威力がある。それほど、物質に秘められているエネルギーは大きい。実際に、航宙型ミサイルの大きさは二メートル程度だ。直径五十センチの筐体《きょうたい》の中で、反物質は常温超伝導コイルが作り出す磁界に閉じ込められ、宙に浮いている。強力な磁界はおよそ50Gの加速度がかかっても反物質を固定することができる。50Gの加速は、一秒足らずで音速を超える。人間が乗っていたらグシャグシャに潰れているはずだ。

木星系に高官が来ているため、特別に常時CIC《中央作戦室》に詰めていろという命令が下ってから二日目、レオ・ポートマン中佐、ウィル・タケモト大尉、リディア・オルストン中尉の三人によるシフトがまた繰り返されていた。

薄暗い部屋に犇《ひし》めく3-Dディスプレイの輝線や夥しいイルミネーションに囲まれて、リディア・オルストンは火星のオリュンポス山のようなギザギザな稜線を示すデータの数々を眺めていた。全木星系の通信トラフィックを表示している部分だ。

人類が常駐するステーションや研究所は、膨大な情報のやり取りを常に行っている。それを監視すれば木星系のシステムの異常も発見しやすいというわけだった。

実際に、今まで発生したトラブルは、機械類の故障や不具合がほとんどで、その場所には情報を求めるコマンドやエラーコードの返信が集中する。レスキュー隊の目の前にも問題の所在が瞬時に示される。

鼻歌を歌いながらディスプレイを眺めていたリディアの前で、突然木星系の全通信量が五分の一まで低下した。それと同時に、赤い縁取りの新しいウインドウが現れた。

その中心には木星の透明なモデルがあり、少し離れてアステロイド・ワンの小さな輝点があった。木星のステーション群とアステロイド・ワンは五つの点線でつながっているが、すべての点線の途中で［COMMUNICATION DISCONNECT《通信断絶》］という文字が点滅していた。

それに気がつき、リディアはこの場のリーダーを呼ぶ。

「ちょっとこっち来てくれますか？　異常発見よ」

ポートマン中佐は自分の作業が忙しいらしく、あまり関心を示さない。顔も向けずに答える。

「なんだい？　どんな異常だい？　アンセスターの宇宙船でも大挙して押し寄せてきたか？」

「冗談じゃありません。アステロイド・ワンとの通信がすべてシャットダウンしているの。どういうことでしょう」

「シャットダウン？」

しかめっ面をしながらポートマンが近づく。足で壁をうまく蹴って体勢を作る様子には、無重力での挙動に年季が入っている。リディアの声を聞いたウィル・タケモト大尉もＣＩＣの入り口のほうから音もなく漂ってきた。二人の男は大量のピンでまとめられた金髪越しに問題のディスプレイ表示を見る。

「ふむふむ。確かにネットワークが遮断されているようだな」

そう言うと、ポートマンは自分のコンソールに戻って、ディスプレイを操作し始めた。それと同時に脳ＡＩへ向けて命令する。

《現在のアステロイド・ワンのステータスをすべて確認しろ》

すると、ディスプレイには一つの中心点に向かって幾つもの輝線が描かれた。だが、その輝線は中心点近くで途切れている。中心点には人工の小惑星《アステロイド・ワン》があるはずだった。

反射的にポートマンの表情が変わる。

「ウィル。レーダーでアステロイド・ワンを観測しろ。今すぐ」

「了解」という声と共にタケモト大尉がレーダー操作パネルに張り付いた。コマンドを打ち込んで目標が存在すべき場所を指定する。アステロイド・ワンは一光分、約千八百万キロメートルほど離れているため、レーダーの反応が返ってくるまで二分かかる。多少イライラしながら待った後のディスプレイには、目標物の反応がまったくなかった。

「ブランクです。我々のいる木星から千八百万キロ離れたところにいるはずですが、見当たりません！」

「なんだと？」

その場にいた三人とも唖然としてお互いの顔を眺めている。直径三キロもある物体が突然消えるなんてことがあるだろうか。

「ウィル。今度は重力の観測だ。アステロイド・ワンは０・３Ｇもあるんだ。目標付近の空間の歪みを計測しろ。リディア、君は光学観測を試せ」

二人の部下が「わかりました」と答えながら、それぞれの仕事をこなした。だが、目標物があるべき場所には何もないのだった。

「光学観測でも発見できません。指向性アンテナを付近に向けましたが、電磁波はすべてのバンドで発信されていません。レーザー通信を試みましたが、それにも反応ありません。まったく何もありません。アステロイド・ワンの痕跡すら……」

複数のベリフィケーションが同じ結果を生むに至って、ＣＩＣには緊張感が漂い始めた。

「ＭＪＳＵ本部へ連絡しろ。緊急事態庁にもだ。レスキュー本部にも連絡を入れろ」

しかし、ＭＪＳＵ本部もレスキュー本部も火星にある。火星から木星系へ本格的な調査隊が到着するまでに数ヶ月もかかってしまう。そのことを考えると、一番近くにいる自分たちの責任が重大だということにレオ・ポートマンは気がついた。アステロイド・ワンで緊急事態が発生し、一刻を争う状態に陥っているのだとしたら、すぐにでも我々が駆けつける必要がある。

「リディア、このドックにいるレスキュー隊全員を招集しろ。俺たち以外には六名いたはずだな」

「わかりました」とリディアが非常招集ボタンを押す。すると、ＣＩＣ全体がオレンジ色の照明に切り替わった。規定によれば、非常招集がかかってから十分以内にＣＩＣの隣りの待機室に全員が揃わなければならない。

しかし、合計九名のレスキュー隊で間に合うだろうか。木星系を周回するステーションは十基。それぞれに四〜五名のレスキューが常駐している。合計すると木星系には現在五十名がいることになる。それだけいればなんとかなるだろう、とレオ・ポートマンは漠然と思った。

だが、そんなことよりも、もっと確実な情報を集めなければならない。現在わかっていることは、アステロイド・ワンが忽然と消滅したという事実だけだ。あの実験コンプレックスにはレスター・プラウズ長官もいたはずだ。これは大ごとになる。

「よし！　ウィル、リディア、スーツに着替えろ。現地に向かうぞ」

突然の命令に二人が驚いた顔を見せる。

「本気ですか？　千八百万キロ離れているんです。我々の高速シャトルでも三日はかかる」

「だから一番近い我々が急行する必要があるのだ。こんな事態に対処するのが俺たちの務めだ。三日間の宇宙旅行を楽しもうじゃないか」

「宇宙旅行って……」

全てのデータが緊急事態を示唆している中、ウィルが浮かない顔をしている。その脇ではリディアが思案顔で中空を見つめて独りごちた。

「三日のタイムラグが致命的になるかもしれない。リアルタイムで危機が進行していたとすれば……。あそこでは特別な研究が行われていたはず。きっとアンセスターに関する何かよ」

「それを確かめに行くぞ。リディア！　ウィル！　五分後に出発だ」

三人はＣＩＣを出て、救難型シャトルを係留するドックへ向かった。シャトル搭乗準備室への通路は、緊急事態を想定して、数回のキックを行えば無重力の空中を通過して到達できるように設計されていた。

レオが首を捻って顔を後ろへ向けると、鳥のように手を広げて回転しながら飛翔するウィルと、弾丸のように中空を滑るリディアの姿が見えた。

《15》

人間でごった返しているブリーフィングルームから、五分ほど歩いて自分のオフィスルームへ着いたフィリップは、ドアの前に立った。いつもならＡＩが開けてくれるが、今回は壁に付いているボタンを押す必要があった。コードを記憶の隅から引っ張り出して入力すると、扉が音もなく右側の壁に吸い込まれていく。

使い始めて日が浅く、とりたてて愛着のある部屋ではないが、デスクの前のイスに座ると、フィリップは体の緊張がほぐれていくのを感じた。

目を閉じて休んだほうがいいと思い、すぐ脇にあるベッドにスーツのまま横になると、胸ポケットに振動が起こり、人工的な声が聞こえた。

「フィリップ。これからどうするつもりだ？」

「なんだ、フレディか。君がいることを忘れていたよ。実験中もずいぶん大人しかったな」

「大人しくなんかしておらん。何回も君に声をかけていた。音が凄まじくて聞こえなかったんだろうが」

「それは失礼した。思い起こせば会話しているどころじゃなかったな」

フィリップは腕を頭の後ろに組んで仰向けになり、久しく忘れていた安楽を楽しんでいた。

「で、これからどうするつもりだ」

「わからん。アステロイド・ワンがどこにいるのかもわからないのに、どうしようもないだろう」

「レスターがここにいるというのに、ＩＭＣは異次元に我々を飛ばすなんてことはしないと思うのだが」

「そうであって欲しいな。ん？　異次元とは？」

「ここは異次元ではないのか？　アステロイド・ワンの周囲には何もないのだろう？」

　人格シミュレーションの問いかけに、フィリップは天井を見つめて考えをめぐらせた。

「そうだが。異次元とは断定できないと思う」

「しかし、我々が元いたのと同じ宇宙にいるということもありえないのではないか。宇宙空間で他の星が見えない場所というのは考えにくい」

「ではフレディ、アステロイド・ワンのいる場所はどこなんだ。外から眺めることはできるのか。さっぱりわからない」

「アンセスターたちはＩＭＣを宇宙船に乗せて使用していたんだろう？　もしかすると、超光速飛行、あるいはワープなどの機能も搭載しているのかもな」

「ワープだと？　我々は何百光年も飛び越えている最中だというのか」

「まさかな。いくらアンセスターとて、そんなことは不可能だろう。だが、この状態はＩＭＣの暴走やエラーではなく、何かの正常な機能による結果という推測も可能だぞ」

「正常な機能の結果か……」

　フィリップは初めて現状を冷静に考えるヒントを得たような気がした。外部の環境がアステロイド・ワンから見えないということは、逆に外部からアステロイド・ワンが見えないということもありうる。だとすると……。

「フィリップ、何か仮説が浮かんだか？　仮説を立ててそれを検証するのは科学の基本だぞ」

「確かに仮説が浮かんだが……。発表する前に君の意見も聞きたい。何かあるんだろう？」

「あるとも。宇宙船に積み込むためのＩＭＣだ。航行中に遭遇する状況を想像してみるといい。たとえば、アンセスターたちに敵対する宇宙船が現れたとしたら」

「そうだな。ステルス機能だ」

「当たりだ。フィリップ」

「しかし、それを証明するにはアステロイド・ワンの外部に出てみなければならない。

もしかすると、影響範囲が周囲何キロにも及んでいれば、その外に出る必要があるかもしれないな」

「シャトルで出てみるか？」

「できればそうしたいな。だが、もう少しデータが揃わないと危険だ。ステルス機能という仮説は、現在のところ、ただ単なる思いつきに過ぎない。しかも文明レベルの違いすぎる人間の発想だ」

「アンセスターだって人間の一種だろ。大差ないさ。あと数百年もすれば我々だってあんな文明に成長する可能性もあるさ。滅びなければの話だがな」

「それだ。どうしてアンセスターたちは滅んだのだ。君は何か知らないのか」

「フィリップ。君が根拠のない妄想に近い仮説を聞く気があるのなら話してもいい」

「あるとも。私はこれでも君を信用しているんだ」

「そうか。では話そう。これまでの調査結果では、アンセスターは太陽系外からの来訪者とされていた。なぜかといえば、太陽系内に点々と地下や氷の下に基地らしきものがあるが、定住していたことが確認できる施設がないからだ。生物が一番住みやすい地球でも発見されていない。だが、地球には地殻変動やら気象状態による浸食があるからな。どこかにアンセスターの遺跡が埋もれているのかもしれない。

それはさておき、私はアンセスターは人類の祖先だと思っている。レスターを見てそう確信した。脳が重いとか多少の違いはあるが、あれは人間だ。クローンというのが本当であればな」

「確かにアンセスターは人類だな。遺伝子的にも差異はない。ただ、ＩＭＣは現生人類とレスターを見分けた。ＩＭＣは現生人類を異種の生物と見なしたわけだ。おそらくＤＮＡの配列にアンセスターだけの特徴があるのだろう。だが、アンセスターのゲノム解析からは、差異が検出できなかった。だから、我々先端科学研はクローンを作ってみたのだ」

　ゲノムに差異のないことを知った人格シミュレーションには、思考をまとめる数十秒の時間が必要だった。

「塩基配列だけを分析したのだろう？　もしかすると、ミクロな配列の違いではなく、もっとマクロ的な特徴があるのかもしれない。写真が夥しく貼り付けられている壁から二十メートル離れると、何かのパターンが見えてくる芸術。そんなのが昔あったらしいじゃないか」

「木を見て森を見ず、か……」

　フィリップが沈黙したので、フレデリック・アグニューは大胆な仮説を披露した。

「で、私は生物としてのアンセスターは太陽系で発生したと考えている」

「ゲノム的にはそうとしか思えないことは確かだが、その根拠は？」

「最初に言ったろう。無根拠な妄想だと。話を聞く気がなくなったらそう言ってくれ」

「わかった。続けてくれ」

「アンセスターが忽然と消えたのは五～六億年前だ。どの遺跡を分析してもそれくらいの時間が経過している。六億年くらい前にアンセスター文明に何かが起こったのだ。致命的な何かが」

「というと？　妄想でもかまわないから教えてくれ」

「アセンション《霊的昇華》だ」

「なんだと？」

「さっき見たＩＭＣの挙動。つまりアセンション現象を目の当たりにして、私は確信したのだ」

「アセンションが起こってアンセスターたちが全部消えたというのか？」

「全部とは限らないさ。ちょっと前に話したろ。アンセスターにはアセンションを教義として信奉する集団があったと。そいつらがアセンションを仕掛けた」

「それはテロではないのか」

「宗教とはそういうものだ。神による救済という大義があれば何でも可能になる。それは我々の歴史を紐解けば何の不思議もないだろう。あるいは事故という線も考えられる。事故によってアセンションが発生し、大方のアンセスターたちが光と化して消えた。もしかすると惑星ごと消えたのかもしれない」

「惑星ごと？　フレディ、君はアンセスターの母星が太陽系にあったというのか」

「わからん。しかし、五～六億年ほど前、地球に何かが起こったという痕跡がある。わかるか？」

「カンブリア大爆発だな。生命種が短期間に爆発的に増えた現象だ。カンブリア大爆発によって地球上の生命体はその種類や数で環境を圧倒した」

「その通りだ。そのころ、太陽系規模の何らかの大イベントがあったのだよ」

「う～む。アンセスターの滅亡と地球のカンブリア大爆発か。関係があるとすれば歴史的・科学的な大発見だな」

「妄想はまだまだ続くぞ？　いいか？」

フレデリック・アグニューの言葉を聞いてフィリップは顔をほころばせた。ここ数日で初めて口角がゆるんだ。

「アンセスターの母星が消えた。ということは太陽系内の重力配分が突然変わったことになる。当然、太陽系内の惑星の軌道も変わったはずだ……。これが何を意味するかわかるか」

「それが地球のカンブリア大爆発のきっかけになった……地球の軌道も変化したと……。カンブリア大爆発の前はスノーボールアース、つまり全球凍結していたはずだ。

つまり地球が温暖化して生命の天国となったわけか……。火星と木星の間にある小惑星帯は、母星の残骸かもしれないな」

「そうだ。それから、太陽系に点々とあったアンセスターの基地で生き残った者たちは、アセンションという恐ろしい悲劇を見て、自分たちのテクノロジーを封印した。文明を捨てて原始人に戻るのは勇気が必要だっただろう。そして、住みやすい環境に移行した地球で細々と種をつないできた。それが我々だ」

「確かに荒唐無稽な仮説だ。いや、妄想の域を脱していない。しかし、科学者としての想像力を最大限にかきたててくれる内容だな」

「そうだろう？　ただ、この妄想はまだフレデリック・アグニュー本人の内部では開花していない。だから、どうしても私は本人と情報の並列化をしなければならないのだ」

「わかった。そうしよう。私だって今聞いた内容に興味がある。ぜひ仮説を検証してくれ」

「ありがとう。先端科学研の上席研究員からそう言ってもらえると助かる。ただ、あのプラウズの邪魔が怖いが」

「いや、彼はただＩＭＣを実用化して太陽系外進出利権を手中に収めたいだけだろう。おそらくＩＭＣのパテントを欲しがっている企業とつながっている」

「それだけだと思うのか？」

その問いかけの答えは返ってこなかったので、フレデリック・アグニューが話を続ける。

「私は最近、プラウズ長官がＩＭＣに異常な興味を持っていることを知り、いろいろと調べた。しかし、宇宙考古学だけの経験や人脈しかないために、大した成果はなかった。ただ、あのプラウズはＧＬＣの一部の国と関係が深いことがわかった。もしかすると、ＩＭＣを地球上で兵器として利用したい勢力に売り込むつもりなのではないだろうか。ＩＭＣの本体ではなく、その情報だけでもとんでもない値がつくはずだ。確実な証拠はないが、私はそんな雰囲気を感じたのだ」

「にわかにきな臭くなってきたな。この実験にそんな背景があるとしても、我々は純粋に仕事をこなすしかない」

「希望があるとすれば、首相のアロースミスはいたってまともな人格を備えていることだ」

「密告したのか？」

「いや、プラウズの返り討ちに遭う可能性もある。時期は慎重に考えるつもりだ」

「そうか」

フィリップは飲み物を物色しようとベッドを立ち上がった。そのとき、青い非常用のスーツを着た見慣れない人間が部屋に入ってきた。一年近くアステロイド・ワンにいれば、百五十人足らずの顔は、なんとなくではあるが覚えている。だが、入ってきた男の顔には見覚えがない。

ロックをしておくべきだったと思いながら、「君は誰だ？」と声をかける。

すると、男は無言で銃を構えた。

《16》

　フィリップの部屋に侵入してきた男は、地球型の体型をしていた。火星生まれの人間と比べると背が低く、水平方向への体の幅がある。どこにでもいるような平凡な顔つきで、何回見ても記憶に残りにくそうだ。ブラウン色の短髪に、目の光彩は黒い。それだけを見ればアジア系だが、顔の骨格の作りは欧米系だった。

「フィリップ・ハトルストン博士、お忙しいところ申し訳ないが、研究データおよび今回の実験データの一切合財を渡してもらいたい」

　その口から出てきた言葉は火星なまりの英語だった。この男が欲しがっているらしいデータは、実験区画からこの部屋のＰＱＣ《Personal Quantum Computer》（量子コンピュータ）にロードされている。フィリップは振り向き、デスクの下に置かれているＰＱＣのインジケータが左右に振れているのを見た。五十センチ四方の大きさのＰＱＣ内では、ＡＩが今日の実験データを整理しているはずだ。

「研究データ？　そんなものは実験区画に蓄積されているが？　ここにはないぞ」

　男の顔が冷静を保ったままわずかな笑みを浮かべる。

「バカにしないでもらいたい。ここと実験室のストレージがミラーリングされていることぐらい調べている」

「だったら、ここのPQCは、私の脳AIの認証コードがないとデータの入出力ができないことも知っているんだろうな。PQCなら私の足元にある。自由にいじってみてくれ」

それを聞いて男の顔に不穏な揺らめきが現れた。少し考えたあと、ゆっくりと言葉を発した。

「脳AIが機能停止しているから、データの移動ができないというんだな？」

「そうだ。君は何者だ？　データを欲しがっていることから察するに、GLCの人間なのか？」

「そう思ってもらってかまわない。GLCも今回のことは非常に残念に思っているよ。これほど堂々と協定違反をしでかしてくれるなんて。GLCもなめられたものだな」

「データを持ち帰ってどうするつもりなんだ？」

「それは俺の考えることじゃない。俺は報告するだけだ。だが、GLC側は態度を硬化させるだろうな」

「また百年前みたいな戦争になるとでも？」

「ありうる。言っておくが全面戦争になったらGLCが必ず勝つ。君たちMJSUの科学技術がどれほど進んでいようと、地球という惑星を破壊することはできないからな」

「それはどうかな」という人工的な声がフィリップの胸ポケットの中から聞こえてきた。だが、銃を構える男の表情は変わらない。小型デバイスにロードされたもう一人の人間がこの部屋にいることを知っていたようだ。

「どういうことだ？　フレデリック・アグニュー宇宙考古学センター所長」

「ふむふむ、私を知っているわけだな。君もスパイだったら実験の内容を摑んでいるのだろう？　ＩＭＣが引き起こした恐るべき現象についてだ。この実験によって、ＩＭＣはアセンション・エリア内にあるすべての物質を光に変えてしまうことが判明した。ということはだ、地球とて簡単に消滅させてしまう力を持っていることになる」

　侵入者の顔つきが変わった。明らかに動揺している。だが、フィリップの胸に向けられた銃はしっかりと空中に固定されていた。

「フレディ、いたずらに煽るのはよせ。そもそもＩＭＣを軍事目的に使う予定はない」

「そうかな」と男が反駁する。

「レスター・プラウズ長官は平和利用なんてさらさら考えていないさ。だが、こんな議論をしているヒマはない。ＰＱＣにＡＩのロックをかけているなんてずいぶんと慎重なんだな」

「ご承知の通り、現在ＡＩは機能停止している。その原因は不明。今ごろアステロイド・ワンの中枢部で回復を急いでいるはずだ」

フィリップがそう言うと、男は気味の悪い笑みを浮かべて「ちょっと待っていろ」と答える。その様子には、脳内でＡＩと会話している人間がよく見せる表情筋の微妙な変化があった。フィリップはこのことに驚いた。

「お前の脳ＡＩは動いているというのか？」

「すぐにＡＩが使えるようになるぞ。ありがたく思え。今、搬送波を回復させる」

脳に埋め込まれた量子ＡＩは、ネットワークのハブから発せられる搬送波によって稼働エネルギーを得ている。したがって、搬送波の電界強度が弱い場所だと機能を停止する。

かつては体内に生じるｐＨ《ペーハー》の微細な差を利用してエネルギーを得る、ハブに依存しないタイプも存在したが、体調や環境によって不安定になるため、現在では搬送波電源方式が主流になっている。

「ＡＩの機能停止とは、搬送波の停止によるものだったのか？」

「答えはイエスだ」

だとすると……。この侵入者には協力者がいることになる。それもアステロイド・ワンの中枢部分に？　ずいぶんと手の込んだ連中だ。そんなことを考えているうちに、フィリップの脳内ではＡＩが立ち上がるときに発する、ブーンと唸るような低周波が聞こえてきた。

「どうやって搬送波を止めたんだ！」

「簡単に言ってしまえばウイルスだ。それを無効にするコードをどこかで誰かが人目につかないように入力したということだな」

　フフフと笑う男を横目に、フィリップの視界にはＡＩのステータスが表示された。再起動するのは久しぶりだが、見慣れた立体図形が分裂したり融合したりする。やがて「お久しぶりですね。フィリップ」というエミーの声が聞こえた。

　脳内で「君にまた会えて嬉しいよ。だが、そんな悠長なことを言っている場合じゃないようだ。エミー、目の前の男の情報を検索してくれ」と指示する。

　すると、「顔認証、網膜認証データに該当者なし。まったく手がかりなし」という答えが返ってきた。

　男はフィリップが何をしているのかわかっているらしく、「無駄だ。俺のデータなんてこの世に存在しないさ」と吐き捨てる。

「さ、ＡＩで認証してもらおうか」そう言いながら、男が近づいてくる。右手で銃をフィリップの顔に近づけ、左手で胸ポケットにしまってある小型デバイスを引っ張り出す。

「何をするんだ！」という抗議の声があがるが、男はおもちゃでも眺めまわすように小型デバイスをもてあそび、自分の胸ポケットに入れる。仕方なしにフィリップは声を出して指示した。

「PQCのインターフェースをアクティブ。データの転送を用意」

足元にあるPQCのインジケータが発光して大きく揺れ始めた。データ類の容量は莫大なものになるが、量子コンピュータにかかれば一瞬でデータを転送できる。

「エミー、用意できたか？　用意できたら少し待ってくれ」

「了解。すでにデータのパッケージ化は終了」

フィリップは男へ顔を向けた。

「データを渡したら、次はどうするつもりだ？」

「当然、逃げるさ」

「バカな。現在のアステロイド・ワンがどんな状況か、わかっているのか」

「よく知らないが、変な空間にいるようだな。だが、そんなこと知ったこっちゃねぇよ。お前を人質にしてシャトルで脱出する」

「もしここが異空間だったら、地球へ戻れないぞ」

「それこそお前の知ったこっちゃないだろ。むしろデータごと俺が異次元に消えたほうが好都合だろうが」

「それもそうだな。どっかに飛び去りたいなら勝手にするがいい。それが宇宙の果てでもな」

男はアドレスコードと認証コードを言う。それを聞いたエミーは記録しているはずだ。

「早くしろ！」と言って、男はポケットから小型デバイスを取り出し、握りつぶそうとする。それと同時に、フィリップの頭に突き付けている銃に力を加え、男は「おっと、データに鍵はかけるなよ。それから小細工は無用だ。一応、こっちのＡＩに解析させるからな」と念を押す。

「わかった。聞いたか、エミー」

「了解」

データの転送は二秒足らずで終了した。男は目の下や口元などの表情筋を微妙に動かして、情報を飲み込んでいるようだった。

《17》

ＰＱＣからデータを受け取り、内容を確認したらしい男は、「また、ＡＩには眠ってもらう」と言う。

それと同時に、フィリップの脳内では、「搬送波の強度が低下しています。あと二十秒で機能が停止します」という声が聞こえてきた。

間に合わないと思ったが、あわてて、「今までのこの部屋の状況をＰＱＣに記録として残せ。ファイルにして登録されているあらゆるアドレスに送信しろ」と命令した。

だが、ＡＩからの返事はなかった。

「信じられないことをするんだな」とフィリップが男に顔を向ける。

「信じられない？　ＡＩとお別れすることがそんなに辛いのか？」

男は依然として銃を構えたまま、笑みを浮かべる。

「そうじゃない。ハブの搬送波を自在に操るなんて、お前たちは本当にスパイなのか？アステロイド・ワンの中枢は、侵入者がそう簡単に牛耳れるものではないだろう」

「必要な処置をしたまでだ。他人との無言の会話を可能にするＡＩが邪魔なんだよ。さあ、発着ブースにご同行願おう。ハトルストン博士」

振られた銃がこっちに来いと告げる。ドアが開いて通路に出ると、まだオレンジ色の非常ランプが点灯していた。

　フィリップは銃を腰に押し付けられ、前を歩くように誘導された。目的地のシャトル発着ブースは、ここから百メートルくらい先にある。その途中で、向こうから実験スタッフのサンドラ・コールマンが歩いてきた。それに気がついた男が、耳のすぐ後ろで警告を呟く。

「おっと、話すのを忘れていたが、我々は火星軌道にいる君の娘、エミリアを監視している。ずいぶんと活発で可愛いお譲ちゃんじゃないか。俺たちだって酔狂でこんなことをしているわけじゃないんだぜ。それだけ伝えればどうしたらいいのか理解できるよな？」

　腰に突き付けられた銃口が背骨に当たって痛む。フィリップには男の発言がはったりとしか思えなかった。

「エミリアの監視が本当だとしても、今のアステロイド・ワンは外部との連絡ができない。地球の友人たちにどうやって連絡するつもりだ」

「五日後に木星の仲間に連絡を入れることになっている。それがないとなると失敗と見なされる」

「だからといってエミリアに報復しても意味ないだろうが」

「残念ながら決定事項だ。ハトルストン博士。最初からあなたには脱出時に協力してもらう計画だった。実験の生き証人としてGLCに来てもらう。もし拒否すれば本当に娘は危ないんだぜ」

「くそっ」

毒づいて思わずこぶしに力が入るフィリップだったが、まだ六歳にもならないエミリアを思い出すと、男に従うしかない。

サンドラと目が合った。おや？　という表情をする。フィリップを見たあと、後ろの男にも目をやる。

「どちらへ？」

「ちょいと彼の用事に付き合っている」

そう言ってフィリップは後ろの男のほうへ数回、目線を流す。しかし、サンドラは不審な雰囲気に気がつかない。後ろのスパイとは縁のない研究畑の人間だ。当然かもしれない。

「すぐ部屋に戻る。ところで、さっき少しの間だけＡＩが回復しなかったか？」

サンドラが天井を見上げて記憶を探る。

「いいえ、そんなことはなかったと思いますが。まだ全員のＡＩは止まったままでしょう」

「そうか。君も疲れているだろう。少し休んでおいたほうがいいと思う」

「ありがとうございます」とサンドラは微笑み、振り返ることもなく歩いていった。

フィリップと男は目的地への歩行を再開した。その途中でフィリップは大きくなっていく疑問を感じた。自分のＡＩだけを自在にＯＮにしたりＯＦＦにしたりできる後ろの男は、一体何者なのだ？　侵入してきたスパイにこんな手のこんだことができるだろうか。アステロイド・ワンの中枢部にいるスタッフ全員がこの男の仲間のような気さえする。そして……。現在この小惑星を牛耳っているのはリュック・ベルトン所長ではない。レスター・プラウズ長官だ。

シャトル発着ブースに到着すると、二人の男は簡易型スーツに着替えた。その間も男はフィリップの監視を怠らなかった。

さらに奥の区画に行くと、シャトルの搭乗口と接合しているエアロックが十基並んでいた。通常時と違って、こんなときにシャトルを利用する人間はいない。というよりも、非常時にはエアロックが監視されているはずだ。ところが、どのエアロックを見ても利用可能を示すグリーンのランプが点灯していた。

「ありえない……」とフィリップが唖然とする。

「さあ、来い！」と男に促される。エアロックといってもシャトル内には空気があるため、減圧は行われない。反対側のドアが開くと、狭苦しいシャトルの内部が見えた。

操縦席につくと、男は発進プラシージャを開始した。正面のコンソールを覗くと、なんと、発進許可が出ている。

フィリップは強い疑問を覚えた。この男の正体は……。もしかするとMJSUの人間じゃないだろうか。それも……。一番考えられるのはプラウズ長官の部下だ。しかし、万が一そうだとして、プラウズ長官がなぜこんなことを……。

頭の中で、邪推も含めてあらゆる可能性を計算する。男が本当にGLCのスパイなのか、それともプラウズ長官あたりに命令されてMJSU内の特殊な任務を果たしているのか。あるいは、どこかの企業とつるんだ長官がGLCを装ってIMC情報を盗むつもりなのか。だとするとGLCに連行する意味がわからない。それも偽装なのだろうか。偽装だとすれば余計な科学者はすぐに解放されるはずだ。

訳がわからなくなった。つまり考えても無駄ということだ。

一つだけ言えることは、敵がGLCでもMJSUでも、とにかくこいつらの計画には賛成できないことだ。なんとかして失敗に終わらせたい。しかし、どうすればいいのだ……。

スパイを自称する男が「では行こうか」と告げると、全長十メートルほどのシャトルが浮き始めた。ゆっくりと旋回しながら開き始めたアステロイド・ワンのゲートに向かった。

「これを忘れていたな」という声が聞こえたのでフィリップが右を向くと、男は小型デバイスを取り出して眺めていた。

「さようなら。フレデリック」と言って、男はシートの脇の金属部分にそれを叩きつけた。すると、粉砕された人格シミュレーションが床に散らばった。

「バカなことをするな」とフィリップが咎めると、男は「命令だからな」と答える。

シャトルが開口部を出て、アステロイド・ワンから数十メートル離れたとき、窓の外はやはり漆黒の闇だった。星がまったく見えない。それを目の当たりにすると、さすがに男も「本当だったんだな」と呟いた。

「どうするんだ？　この闇の中を行くのか？　計器を見てみろ、すべてブランクだぞ。系内航法システムを受信できていない。どっちの方向へ飛んでいくというんだ。あても何もないじゃないか」

そう言っても男は表情を変えない。その間にシャトルはアステロイド・ワンから数百メートル離れていた。

フィリップは覚悟を決めた。このまま小惑星を離れて宇宙の孤児になって死ぬのなら、最大限の抵抗をして、今、死んだとしても同じだ。

自分がいなくても、この男の脳ＡＩにはＩＭＣの情報が詰まっている。ＭＪＳＵが協定違反をしている証拠がたっぷりと。したがって、スパイとしての仕事を十分に果たしたわけだ。今飛び出せば、アステロイド・ワンに戻れる。男も諦めて一人で飛び去ってくれるだろう。

我ながら無謀だと思いつつ、フィリップはシートを立ち、思いきりシャトルの後部へ走った。それに気がついて、男も立ち上がる。

シャトルの横にある搭乗口あたりで男に追いつかれたが、フィリップは思いきりその顔を右手で殴った。指に亀裂が走ったような痛みを感じた。

男がひるんだ隙に、さらに後部へ走る。そこには赤く塗られたレバーが、三十センチ四方の特殊なカバーに埋め込まれていた。

それをたたき割り、上を向いていたレバーを押し下げる。すると、けたたましい警告音が響いて、後部の一・五メートルある鉄板が外側に吹き飛んだ。シャトルの内部を満たしていた空気が一気に吸い出される、耳をつんざくような轟音。急減圧で視界が曇る。宇宙空間へ吸い出される瞬間、フィリップは男が天井にある機械にしがみついているのを見た。

しかし、スパイの安否を気遣う余裕はない。フィリップは後頭部からヘルメットを引っ張り出して頭にかぶり、腰に巻き付いている操作パッドをはがす。ボタンを押して空気を満たすと、柔軟性のあるスーツが少し膨らんだ。これで、あと半日程度は生存可能だ。

シャトルのほうを見ると、依然として遠ざかっている。おそらく、あの男は船内で回復措置を行っているのだろう。

シャトルの進行方向と反対側に吸い出され、初速がついたのは幸運だった。外宇宙へ向かっていたら、なすすべがない。このスーツには姿勢制御や移動を可能にする噴射装置はついていないのだから。

それでも、フィリップは時速数十キロの速度で闇の中を飛翔していた。足元にはアステロイド・ワンの巨大な球面が見えるが、直接そちらに向かっていないことがわかる。球面の接線方向へ移動しているようだ。しかし、足元に広がる小惑星には0・3Gの重力がある。徐々にフィリップの体は巨大な球体のほうへ引きつけられていった。

その表面は白く、幾何学模様のように見えるブロック状の区画がたくさん埋め込まれている。アンテナやレーダーの突起、ミサイルやレーザーの射出口といった複雑な構造も見える。闇の中でアステロイド・ワンの姿が見えるのは、照明を施しているからだ。ふだんはこうした照明はない。しかし、今は木星系の人間たちが視認しやすいようにしているのだろう。

やがて、フィリップは漂着するようにゆっくりと球面にたどり着いた。と思ったが、球面に足がつく瞬間になって、恐ろしいほどの相対速度差のあることに気がついた。まともに衝突すれば骨の二～三本は折れてしまうほどの衝撃を受けそうだった。覚悟を決めて足から接地した。体を転がして運動エネルギーを殺す。しかし、バウンドして空中へ跳ね上がった。足からお尻にかけて、息ができないほどの痛みが残った。

球面との一回目の衝突で、おおかたの運動エネルギーが殺されたのか、二回目は楽だった。再び足から接地して転がると、すぐに止まった。フィリップは仰向けに寝て、下半身の痛みを意識しながらしばらく唸った。数分間、呼吸を整えていると、次第に立ち上がる気力が出てきた。

次は、ハッチを見つけなければならない。

恩寵のような重力を全身で感じ、上下の見当識を取り戻したフィリップは、黒々とした闇を見上げた。本当に何もない。こんな宇宙を見たのは初めてだった。見つめているうちに恐怖感が湧き起こってくる。

だが、さらなる恐怖が襲いかかってきた。スパイが搭乗するシャトルが、こちら目がけて飛んできたのだ。シャトルは、立っているフィリップに直撃する進路でアステロイド・ワンの表面をかすめていった。まるで、車で人をひき殺そうとでもするかのように。

一撃目はうまく避けた。見ればシャトルは百メートル先で旋回している。また来るつもりだ。フィリップはハッチを探して走り始めた。

《18》

アステロイド・ワンの表面には、危険な場所もある。指向性レーダーの発する強烈な電磁場に近づくと、一瞬でスーツが蒸発するほどのエネルギーに触れることになる。それに、木星とのリンクに使われているマイクロ波もある。生活で使うような電子レンジの数百万倍の電磁波の直撃を受ければ、人体組織は数秒で炭素と化してしまう。数十メートル先には、旧式の砲台のような構造物が、レーザーを射出する数本のロッドを、恣意的な方向へ向けていた。

こうした巨大な人工物では、メンテナンスも大変だ。船外活動がひっきりなしに行われていて、うっかりした事故も多い。それを避けるために危険な区画は赤く塗られている。近傍には矢印と共に、restricted area《立入り禁止区域》と記されていた。

シャトルにひき殺されかけたフィリップは、アステロイド・ワンの表面を走った。焦って強く球面を蹴るたびに、体が予想以上に飛び上がり、「進入ハッチはどこにある！」と叫びながら、腕を回してバランスを取る。こんな状況に陥ったことはないため、どこから内部へ入れるのか見当もつかない。普通であれば位置をナビしてくれるＡＩは今は死んでいる。

そのとき、スパイのシャトルがわざわざ視界の正面に回りこんできた。六角形をした機首と正対すると、コクピットに座る男の影が窓に映った。オープンモードの無線の声が聞こえてくる。

「ハトルストン博士、娘の命よりも自分の命のほうが可愛いようだな。もう一度チャンスを与える。諦めてこっちに歩いて来い。そうすればお前たち二人の命の保証はする」

正面に浮かぶシャトルの窓には、動かない男の影がかすかに見えている。それを見つめて、フィリップは哀願するような声を出した。

「聞いてくれ。頼む。娘には手を出さないでくれ。それにもう、IMCのデータはたくさん持っているだろう。まぎれもない協定違反の証拠だ。それだけあればいいだろう。私がGLCに行く必要はないじゃないか」

「そういうわけにはいかない。俺は命令通りに動いているだけだからな。おそらく生き証人がいるのといないのでは違いがあるんだろう。早くこっちに歩いて来い」

右側に目を移すと、三十メートルほど先に階段の取っ手が突き出ているのが見えた。内側に窪んだ構造になっていて、そこにはハッチがありそうだ。しかし、アステロイド・ワンに逃げ込んだとしても、エミリアはどうなる。ずいぶんと手の込んだことをする連中だ。言っていることは本当である可能性が高い。

男が仲間に連絡をとるまでの猶予はこれから五日間だという。しかし、このまま一緒にシャトルで脱出しても、太陽系に帰還できる可能性があるかどうかわからない。そうなってしまえば、男に従ったとしても意味がない。

最良のシナリオは、男の脱出を不可能にして、五日間でIMCを再起動し、アステロイド・ワンをとり巻く異常空間を元に戻すこと。それしかありえないはずだ。

あと五日か……。時間が少なすぎる。できるか？　いや、絶対にやらなければならない。

フィリップはシャトルの方向へ歩いていった。すぐ下まで来ると、スパイは徐々に降下してきた。

シャトルを利用する人間、あるいは宇宙空間で活動する人間にとって、宇宙船の後ろ側には絶対に立ち入ってはいけないという鉄則がある。エンジンの推進剤噴射口が見える範囲に存在してもいけない。そこから噴出するエネルギーで黒こげになりたいのであれば話は別だが。

ところがフィリップはその禁を犯そうとしていた。シャトルの後部にゆっくりと回り込むと、ハーモニカの口のような無数の正方形のグリッドが薄青く輝いているのが見えた。さしあたって出力は五％程度のアイドリング状態だが、それでも真後ろに立つのは危険だ。

フィリップは腰のベルトから緊急用の酸素補充モジュールを一本取り出した。長さが十センチ程度の樹脂製で、内部には酸素が液体状に圧縮されている。それを思い切り四角いグリッドめがけて投げつけ、球面に伏せた。

小さな爆発が瞬間的に起こった。エンジンに達したモジュールが熱で爆発したのだ。グリッドの一部が破壊され、シャトルがグラグラと揺れ始めた。

「何をするんだ。お前は今、自分の娘を殺したんだぞ」

そんな声が聞こえたかと思うと、シャトルはふらつきながら上昇を始めた。不安定な動きをしながら加速していく。そして、またフィリップめがけて飛んできた。おそらく、命令に従わなかったら殺せ、とでも言われているのだろう。フィリップは立ち上がって三十メートル先の階段に走った。すると、階段の向こう側からシャトルが二機飛んでくるのが見えた。

棒の上で回転するソーサーのようなふらつき具合のまま、スパイのシャトルがフィリップを後ろから襲ったが、再び失敗に終わった。スパイの飛んでいった方向に待ち構えているレスキュー隊のシャトルには、レーザーやミサイルが搭載されているはずだった。

サメに出くわした小魚のように反転し、スパイのシャトルが逃走を開始する。しかし、エンジンが壊れているため、ロクな飛行はできない。これでは太陽系に戻ることすらできないだろう。

レスキュー隊のシャトルの一機がフィリップに近づいてきた。無線の声も続く。

「アステロイド・ワンの表面にいるのは誰だ。氏名と認識番号を言え」

ずいぶんと横柄な口調だったが、フィリップは救われた思いで名前と番号を言った。

すると、相手の口調が変わった。

「ハトルストン博士ですか。あのシャトルの詳細はわかりますか？」

「あれは自称だがＧＬＣのスパイだ。私を地球へ連行しようとしていた。エンジンを破壊した。だからもう飛べないはずだ」

「そうでしたか。あとは我々に任せてください。博士はそこのハッチからアステロイド・ワンに帰還してください」

そう言い残すと、近づいてきたシャトルも空中戦に参加した。戦いはもちろん一方的だった。二機の武装シャトルはスパイの動きを封じようとして、その前後を押さえようとする。無線で呼びかけて停止させようとしているのだろう。

しかしスパイがそれに従う様子はない。それどころか、レスキュー隊のシャトルに突っ込んでいく。

スパイの自爆攻撃を数回かわしたあと、レスキュー隊のシャトルから一本の光線が走った。その輝かしい光線はシャトルのエンジンを完全に破壊した。飛び散る破片が照明に浮かぶと同時に、青い炎を後部から噴出させるシャトルは、やさしい重力で引きつける球体の表面に、ゆっくりと墜落していった。

フィリップにはスパイの生存は確実に思えた。しかし……。

撃墜されたシャトルがアステロイド・ワンに接地した瞬間、耳をつんざくばかりの轟音が響き、核爆発のような光が走った。おそらく、高エネルギーで周囲を探っているマイクロ波レーダーに触れたのだ。

すぐにフィリップの足元にも、地震のようなただならぬ振動が伝わってきた。階段から振り落とされないように、あわててフィリップはハッチを開け、アステロイド・ワンの内部へ戻った。

時間はあと百二十時間しかない。急がなければならない。

《19》

木星から〇・五光分の虚空

　アステロイド・ワンのあるべき場所はわかっていた。木星の太陽周回軌道上の一光分離れた場所だ。木星からは千八百万キロある。

　コックピットの右側を占める航法パネルには、木星系のステーション群の立体ホログラムが浮かび、リアルタイムの位置関係が表示されている。しかし、航法パネルをスケールダウンしてみると、ふだんであればアステロイド・ワンの姿が見えてくるはずだったが、今はあるべき小さな輝点が消滅していた。

　ウィル・タケモトがストレージからアステロイド・ワンの全景をホログラムに呼び出すと、「デス・スターのようだな」ともらした。

「何？　デス・スターって」

　隣りのシートでエンジン出力の監視をしていたリディア・オルストンが問いかける。

「知るわけないよな。三百年近く昔の映画に出てきた悪の帝国を象徴する人工惑星だ。悪の権化のサイボーグ、鉄兜をかぶった長身の悪人が出てきて、正義の人たちと戦うんだよ。善悪二元論の古臭い作品。でも見るとなかなか面白いんだ、これが」

「それとアステロイド・ワンが似ているわけ？」

「大きさが全然違うけどな。デス・スターはアステロイド・ワンの千倍はありそうだ。形だけ少し似ている」

「ふ〜ん」とリディアが気の抜けた返事をする。その向こうのシートでは、隊長のポートマン中佐が目をつぶってじっとしていた。これから何が起こるかわからないので、英気を養っているのだろう。

ウィルがデス・スターのホログラムを消滅させると、再び木星系からアステロイド・ワンに向かう航路が浮かびあがった。消息不明の直径三キロの球体に向かって、三人のレスキュー隊の飛行ルートが示されていた。

彼らが乗る高速シャトルは全長が二十メートル、定員は十五名の中型で、このまま地球までの片道飛行が可能なほどの性能があった。三人がこのシャトルに飛び乗ってからすぐ、強烈な6Gの加速が始まった。今でこそ、こうして雑談しながらのリラックスが可能だが、昨日はそれどころではなかった。

何の訓練も受けていない人間だったら、視界が白黒に見える「グレイアウト」の状態に陥る加速が六時間も続いたのだ。

だが、レスキュー隊は体内にナノマシンを導入して、血液循環を助けているので、グレイアウトすることはない。とはいっても、6Gの加速が続く間、シートに押し付けられて動くことすらできない。その間、ウィルとリディアはシャトルの提供する睡眠コントロールを受けて眠っていた。もう一人のポートマン中佐はずっと起きて耐えていた。

というのも、木星とのデータリンク作業やら、後続のレスキュー隊との連絡やら、火星本部への報告などに明け暮れていたからだった。特に、木星とのデータリンクを確立しておくことは重要だった。シャトルからのデータは、木星系でのテレメトリ《遠隔測定法》として活用できるようにしておく必要がある。アステロイド・ワンが消滅している現場で何が起こっているかわからない以上、このシャトルが無事に戻れるとは限らないからだ。

「そろそろ逆Gの時間ですね」とリディアがレオに話しかけた。深い夢の世界へ寝入っているように見えたレオの目がすぐに開いた。

「うえ～、またGのお時間ですかぁ～」

ウィルが眉毛を八の字にしている。

「そうか。そろそろだな。現在光速の二％くらいの速度か？」

「正確には一・八七％です。計算では木星を出てから五十時間でアステロイド・ワンに到着します」

「ということは、あと八時間か。リディア、減速プラシージャを開始してくれ」

「了解しました」

シャトル側面からの噴射光が左右の窓から見え始めた。すると、ゆっくりとシャトルが時計回りの回転を始めた。ちょうど百八十度の回転を果たすと、逆噴射してピタリと止まった。

「進行方向のベクトルにシャトルの重心線が一致。減速を開始します」

船内に小さな警報音が鳴り始めた。チャイムのような音で、不快感や緊迫感はない。シャトルのＡＩが「睡眠コントロールを行いますか？」と声をかけるが、ウィルは「今回はいいよ」と答えた。

ズシーンと背中を押される。今まで等速度飛行をしていたため、まるで逆方向へ急加速しているように思える。このまま木星まで数分で到着しそうな勢いだ。内臓が背骨に押し付けられ、腕も頭もシートにめり込む。若干息苦しいが、呼吸もナノマシンがサポートしてくれている。

再び６Ｇに耐える六時間が過ぎていった。その間、やはり三人は無言だった。目をつぶって耐えるしかないが、ウィルは脳ＡＩにインストールしておいた映画を見て暇をつぶしていた。

やがて、警告チャイムが爽快な音楽に切り替わり、苦痛の時間が終わった。三人はシートベルトを外して、面倒なストレッチ体操を行った。このハイテクノロジーの時代になっても、人体の基本的な生理は変わらない。いくらナノマシンに助けられているとはいえ、長時間のGに耐えてきた体をリフレッシュするには、ストレッチが一番効果があった。

「ふう〜」と息を吐いてシートに座りなおし、ポートマンがホログラムで構成された仮想通信ユニットを目の前に呼び出した。すべてのチャンネルで呼びかける。すでにリアルタイムの通信が可能な距離にいるはずだった。

「アステロイド・ワン。聞こえるか。応答せよ。アステロイド・ワン。こちらは木星系のレスキュー隊だ。アステロイド・ワン応答せよ」

　もちろん、応答はない。レーダーもブランクだ。ポートマン中佐は呼びかけを継続するようＡＩに命じた。

「リディア、指向性レーザー通信を試みろ。ウィル、あらゆる電磁波の観測、および宇宙線、粒子線の観測を行え」

　二人の「了解」という声が重なり、それぞれの前に展開されている立体ホログラムが慌ただしく変化を繰り返し始めた。

　その間、ポートマン中佐は今後の展開について考えていた。目の前の空間には何もない。さしあたって〇・五光分の空間にも何もない。それが観測事実だ。しかし、大きさが直径三キロの小さな構造物なのに、重力にしたら０・３Ｇもある巨大な物体ということになる。普通だったら月や火星程度の大きさになる。そんな巨大なモノが瞬時に移動して消滅するなんてことがあるだろうか。常識的には考えられない。我々人類の科学知識ではそれを可能にする理論が見つからない。

だが、アステロイド・ワンは確かアンセスターの技術を研究していたはずだ。今回の事件は、アンセスターの高度な技術が関係しているのだろうか。

そもそも、消滅した、という事実を言い換えれば、物理的なセンサーに引っかからないということである。かつての地球上では、軍事技術としてステルス機能が研究されていた。今でも電磁波の反射を回避する技術はあるし、当時のステルス技術とは比較もできないほど高度になっている。が……。物体の存在や位置を正確に感知する方法として、タウ型ニュートリノやミューオンといった粒子を使うレーダーが実用化されている現在では、ステルスという概念自体が無意味になってしまっている。そのニュートリノ観測法を用いても、アステロイド・ワンの姿はとらえることができなかった。それはすなわち、アステロイド・ワンが存在しないということだ。

しかし……。何かが引っかかる。

「今からアステロイド・ワンの存在するべき場所に接近する。五十キロ程度の距離を置いて複数のドローンによる観測を行う。君たち二人は考えられる限りの観測法を実施してくれ」

ポートマン中佐はそう宣言した。そして、航法パネルを呼び出し、目標の方向へ舵を取り始めた。

そのとき、ウィルが声をあげた。

「ポートマン中佐。イレギュラーな電磁波を観測しました。可聴音に変換しますか？」

「そうしてくれ」とレオが命じると、船内にはイシスの歌声が響き始めた。

《20》

　宇宙空間には音を伝える媒質が存在しない。したがって音波の伝播現象もない。だが、それ以外の波動現象はいくらでも存在する。たとえば電場や磁場、重力場といった基本的なもの。そして、現在ではあらゆる素粒子も九つの次元の方向へ振動する波と理解されている。

　なんらかの振動がある限り、その再帰的に変化する物理量は数値に変換可能だ。それがヒッグス場などのように虚数で表されていたとしても、実数に変換することができる。

　ウィル・タケモトは、とらえた微弱な電磁波から可聴周波数を抽出して音波に変換した。すると、今まで聴いたことのない不思議な音が聞こえてきた。その場にいた三人は、持っているグラスをぶつけ合うかのように、念入りにそれぞれの顔を見合わせた。

「これは何だ。女性の歌声のように聞こえるが」とレオ・ポートマンが可聴音を出現させたウィルに鋭い目を向ける。

「わかりません。確かに人間の女性の声のように聞こえますが……。そう、昔のオペラのような……。ＡＩの解析によると、人間の声ではありません。さらに……人工的なパターンや信号が含まれてもいません。その一方で、自然現象によるものでもないようです。人工的な現象である確率が〇・三％、自然現象である確率が〇・五％だとＡＩは判断しています。こんな解析値は見たことがありません」

その間もイシスの歌声は続いていた。まるで体がフワリと浮いて空中浮遊するかのように、連続的になだらかに変化する周波数。その高音域から低音域までの複合的な音質は、三人の肌にまとわりつき、細胞の奥にまで入り込んでくるような錯覚を与えた。そして、体中の細胞がかつて地球上で大流行した違法薬物メタンフェタミンでも流入してきたかのように覚醒し、恍惚に震え始めている。三人のレスキュー隊は、強烈な作用を持つ音波に浸されて、しばらく動くことができなかった。

人類が宇宙へ進出し始めた当時、太陽系の各惑星を周回していた衛星が、電磁波を記録し、それを可聴音に変換した。この音が惑星の状態を反映することが判明してからは「惑星声紋学」が生まれた。

ウィル・タケモトは学生時代、惑星声紋学に没頭したことがある。地球そのものが発する波動はもちろん、火星、木星、土星、海王星、天王星、それぞれの音には個性があり、その姿から滲み出るような官能的な魅力を感じた。

たとえば地球の音は、まるで生温かい風がふきすさぶ荒野に、右から左から複雑な構造をした立方体が飛び、空気を切り裂くような不思議な音像がゆらめいていた。

　ウィルが木星に着任した日、指向性レーダーを木星の大気に向けて電磁波を観測し、可聴音に変換してみたことがある。すると、地球とは違った荘厳で複合的な音が聞こえた。地の底で響くパイプオルガンのような重さがあり、時々高周波が音像の上澄み部分を駆け抜けてゆく。

　海王星はもっと機械的な音で、土星はそれに輪をかけて暗い音がした……。そんなことを思い出しながら、ウィルはシャトルのスピーカーから流れ出る不思議な音を聞いていた。幽霊が存在する証拠を掴んだような不気味さに震えながら。

「隊長、このような電磁波が存在するということは、必ずこの近くに何かがあります」

「そのようだな。これからドローンを五機出して、レーザー網およびニュートリノ撮像法による観測を行う」

　依然としてイシスの歌声が聞こえる中、シャトルの側面から三メートルほどの小型観測機が射出された。五機のドローンはそれぞれがレーザーで結ばれつつ、直径四十キロ程度の円周上に配置されるように飛び、円筒内に存在する物体や物理現象を漏らさずに検出するはずだ。

　シャトルの窓からは、五角形を展開しながら強烈な噴射光をきらめかせて移動するドローンが見える。そのとき、リディアが興奮を抑えつつも冷静な声を出した。

「十四時の方向に可視光を観測！」

　同時に、三人のレスキュー隊員の目の前には、光学観測画面が展開される。かすかな輝点に向けて、解像度がぐんぐんと上がっていくと、たった今このシャトルから発射したドローンと同じ、薄青色をした噴射光が二つ確認できた。突然出現したその光点は、制御を失ったカオス的な動きをしていた。目標を見失ったミサイルのような動きだ。だが、その様子は何かがおかしい。光点が明滅するのだ。

「あれは、我々人類の観測ドローンではないのか？」

　ポートマンの指摘に、ＡＩ解析をしていたリディア・オルストンが答えた。

「その可能性が高いようです」

　リディアの隣りのウィルが、「あのドローンから飛行制御コードを求める電磁波を検出しました。ＡＩによる自律飛行ではないため、どこに飛んでいったらいいのかわからないようです。今まで飛行制御を受けて誘導されていたのに、突然それが切断されたのだと推測できます」と報告する。

「迷走ドローンとリンクを確立可能か？　可能であれば制御しろ。落ち着かせてこちらに誘導するんだ」

「やってみます」

　ウィルが呼び出したドローン制御用パネルの操作に没頭する中、五機のドローンの制御をしていたリディアが、この場に充満していた疑問を口にした。

「ということは、あの迷走ドローンはアステロイド・ワンから射出されたものということでしょうか」

「その可能性が非常に高いな。アステロイド・ワンはこの近くにいるんだ。観測できない理由は不明だが」

ポートマン中佐が正面の窓の向こうを見つめながら答えた。

「よかった。少なくともアステロイド・ワンには生存者がいるのね。この不思議な歌声を発生させているものが何か重大なことをしている……。おそらく、今、アステロイド・ワンの人たちは原状回復するために悪戦苦闘している。隊長、私たちにできることは何でしょうか」

そう問いかけられたが、ポートマンは答えられなかった。アステロイド・ワンには宇宙物理学の第一線で活躍する錚々《そうそう》たる科学者たちがいる。稼働可能な高レベルの機器や施設も、この小さなシャトルとは比較にならない。ただ、我々レスキュー隊は、事象の外部にいるという利点があるだけだ。その利点を生かすためには、なんとかして現状を正確に把握する必要がある。それだけが、今の自分たちにできることだ。

しばらくして、ウィルが二機の迷走ドローンのコントロールに成功した。よく懐いた飼い犬のようにおとなしくなったドローンは、噴射光を後光のように従えて、こちらに近づいてきた。記録を解析すれば、アステロイド・ワンの現状がわかる可能性が高い。

　その一方で、遠距離の編隊を構成する五機のドローンがゆっくりと離れていく。虚空に刻まれた五角形の巨大な光点が、しだいに内径を縮めていく。

「ドローンのデータ回収を急げ」

「了解。すぐにできると思います」

　ウィルの目の前には、二機のドローンからのデータが展開され始めた。それが他の二人の前にも配信される。

　映像記録は、ドローンが射出された直後から始まっていた。前後左右の全方向的な視界が流れてゆく。

　後方ではアステロイド・ワンのクリーム色の球面が徐々に遠ざかる。だが、前方の視界を凝視してみても、どこにも星がない。木星軌道に存在するはずのアステロイド・ワンからは、強烈な光を発して他の星を隠してしまうはずの太陽や、すぐ近くにあるはずの木星でさえ見えない。暗黒の虚空が広がるのみで、ドローンが飛行していることもわからない。

　また、前方に向けられたパッシブレーダーには、宇宙線などの反応がゼロ。これは、普通の宇宙空間ではありえないことだった。

　こうしたデータを三人は息を呑んで凝視していた。やがて、ポートマン中佐が呟いた。

「アステロイド・ワンは異次元空間に閉じ込められているのだろうか……」

次の瞬間、目の前で展開されているデータに変化があった。瞬間的に大量の星が見えると同時に、光学観測画面がゆらゆらと揺れ始め、回転したり急に方向転換したりして、めちゃくちゃになったのだ。時々、太陽と思われる輝点も尾を引きながら画面を横切る。

「これは……。我々のいる宇宙空間へ出てきたということか……」

指揮官の発言に反応せず、若者二人はホログラムを見つめていた。それぞれの脳が、不思議な現象を理解しようとフル回転し、時間があっという間に過ぎていく。ウィルは近づいてくる二機のドローンの制御をすっかり忘れていた。そのことを思い出し、制御パネルを開くと致命的なミスをしていることに気がついた。

「まずいです！　ドローンが本船にぶつかります！　目を離していました！　すみません。ドローンの進行方向を変えていますが、間に合いません」

接近警報音が鳴り響いたときには遅かった。三人の前に展開されているホログラムが一斉に近距離レーダーに切り替わり、準光速ミサイルの三%の速度で接近するドローンの航跡を赤く示していた。《object approaching》《物体接近中》《in a collision course》《衝突コース》という音声が繰り返される。

「緊急回避しろ！」とポートマンは叫ぶが、近づく二つのドローンと正対しているシャトルが、方向を変えて最大限の加速を開始するまで約二分かかることを知っていた。シャトルの側面にある姿勢制御用の小型ロケットを噴かしても、その場で回転するだけだ。

「あとどれくらいで接触するんだ。ウィル」

「三十秒です！」

「くそっ！」とレオが毒づく。三人の命を守るためにはシャトルを緊急脱出する以外に方法はない。

「スーツを船外活動モードにしろ！　コクピットを緊急射出するぞ！」

三人はそのときに備えて身構えた。そして、接近する二機のドローンが目の前に大写しになると、何かがおかしいことに、一番冷静だったポートマンが気がついた。ドローンの本体が見えないのだ。三メートルほどのドローンの本体があるべき場所には何もない。

近づいてくると、その全貌が徐々にあきらかになってきた。後部から噴出している推進剤の光に変な特徴がある。薄っぺらいのだ。普通は円錐形に広がる噴射炎が紙のように薄い。さらに、ドローン本体も板のように見える。薄いものは見る角度によって大きさが異なる。ポートマンは、ドローンの妙な明滅の理由を悟った。

「ちょっと待て」と指揮官の動きが止まる。すると「あと十秒で衝突します！」とウィルが叫んだ。緊迫感に襲われながら、自分でもよくわからない理由によって、ポートマンはシートの傍らにあるレバーを引くかどうか迷っていた。

射出されたコクピットは三人を乗せ、4Gの加速をしてシャトルを離れる。だが、宇宙を飛行する能力はない。酸素や食料、飲料水も数日分しかない。それまでに誰かに救助されなければ死を意味する。後続のレスキュー隊はまだ出発していないはずだった。

これは賭けだ。レオ・ポートマン中佐はそう思った。

「何をしているんですか！　早くコクピットを射出してください！」とウィルが赤い顔をして叫んでいる。それに対して目を瞑り、シャトルの指揮官は沈黙したままだ。

ドローンの後部の噴射光が正面のガラスを覆いつくす。それはほとんどミサイルの直撃と同じエネルギーを解放するだろう。

五、四、三、二、一とカウントダウンを心の中で続けるレオ・ポートマンの右手は動かなかった。

《21》

ウィル・タケモトが制御命令を必死に送信し、ドローンの減速を続けても、直撃すれば人工物を破壊するのに十分だった。

二つの飛翔体が正面から突っ込んでくるのを目の当たりにしたとき、三人のレスキュー隊には悲鳴をあげたり息を呑んで衝撃に備えたりする時間もなかった。

その瞬間はあっという間に過ぎ去った。この世における最後の瞬間を、勇気を持って見つめていたレオ・ポートマン中佐のすぐ横を、なんとも不思議なことに、それはただ通り過ぎていった。シャトルにかすり傷一つ残すことなく、幽霊のように通り抜けていったのだ。

ポートマンは確かに目撃した。ドローンの断面を。

危機が過ぎ去ったあとには、ＭＲＩ《核磁気共鳴画像法》で人体を輪切りにしたのと同じような、全長三メートルのドローンの複雑な内部構造がはっきりと脳裏に焼きついていた。前半分には大量の電子機器が狭い空間へグシャグシャに圧縮され、後ろ半分には推進剤のタンクや燃焼室の断面がはっきりと見えた。燃焼室からは直視できないほどのエネルギーが噴出していた。

我に返り、ふと隣りのシートを見ると、リディア・オルストンも茫然としている。

スタングレネードの直撃を受けたかのように固まり、全身が震えていた。ポートマンは彼女に話しかけた。

「リディア、今のを見たか」

「見ました。何だったんでしょうか。それに……、我々はこうしてまだ生存しています。あれはドローンの幽霊？」

「我々やシャトルと相互作用を起こさなかった事実からすれば、幽霊であるとも言えるな。被害があるかどうか調べてくれ」

「はい」と答えたリディアが、まだ目を瞑って震えているウィル・タケモトの肩を叩いた。

「正気に戻りなさい。なんだかわからないけど、危機はもうないから」

「へ？　そうなの？」とウィルが顔を上げて船内を見回す。そして自分の手のひらを見つめる。ドローンの直撃を受けても生きている自分がまだ信じられないようだった。

そこへポートマンが声をかける。

「一応、二機のドローンの位置を確認しろ。危険性がないなら放置しておけ」

「わかりました」と答え、ウィルはやっと自分のやるべきことを思い出し、正面にホログラムを呼び出した。

この間に、シャトルが発射した五機のドローンによる観測が一段落していた。五機の編隊による飛行は、結果的に直径四十キロ長さ五十キロの円筒形の空間を生み出す。観測結果がホログラムで像を結び始めると、そこには直径十キロの黒い球体が浮かび上がった。「なんだこれは……」とレオ・ポートマンが絶句する。

それを覗き込んだリディアが、「まるでブラックホールのようです」と反応した。

「しかし、ブラックホールであることを示す重力場はありません。そのあたりの空間のゆがみは、観測結果からすると重力ゼロのはずです。アステロイド・ワンの０・３Ｇも観測できません」

「黒い球体のように見えるのは、光などの粒子がその範囲に吸収されているということだ。これはどういう現象なのだ。それに、あのドローンの幽霊といい……。さっぱりだ」

「ドローンが私たちの物質と相互作用を起こさなかったという事実からすれば、その物理的事実を作り出していると推測できるあの黒い球体の内部に入っても、危険はないということでは？」

「そうかもしれないな。あの黒い球体の内部にアステロイド・ワンが存在していて、しかもあのドローンと同じ状態になっているとすれば……。二次元……。二次元化しているということなのか？」

その会話を聞いていたウィルが入ってきた。

「内部で物体が二次元化している？　そこから発射された二次元化したドローンは、三次元の我々と接触することができなかった？　しかし、我々の三次元には二次元の成分が含まれているじゃないですか。二次元成分同士の接触や相互作用は可能だと思いますが。二次元同士の物体がぶつかれば破壊は可能だったはずです」

　確かにその通りだった。二次元のドローンが我々をすり抜けたとき、ドローンは破壊され、我々も二次元的な被害を受けたはずだ。ところが、そうならなかった。三人のレスキュー隊員はあれこれ考えてみるが、たった今見せつけられた現実について、まったく理論的な説明ができなかった。

　ＭＪＳＵの人間だったら誰でも宇宙物理や素粒子理論についての専門高等教育を受けているが、幽霊ドローン現象や黒い球体を記述する教科書も理論も存在しない。

　しばらく三人は沈思黙考していたが、突然、ポートマン中佐が沈黙を破った。

「私はあの球体内部に侵入して調査するべきだと思うがどうだろうか」

　その案に反対したのはウィル・タケモトだった。とてつもなく不安な表情を見せている。

「隊長、応援を待ちましょう。あと二日で後続のシャトルが一機到着しますし、準光速船ドックからはすぐに大型母船が出発するでしょう。万全の態勢を整えないと、何かあったときに対応できません」

「ウィルの意見はわかった。リディアはどう思うか」

「私ですか……。そうですね……アステロイド・ワンは壊滅的な状況に陥っている可能性も否定できませんし、一刻も早い救助を待っているかもしれません。しかし、このシャトルの設備では明らかに準備不足ですし……」

そう言ってリディアが黙り込んだ。

「あまりに事態が異常です。今までこんな状況に人類が遭遇したことはありません。科学者たちの到着を待って慎重に行動すべきです」

ウィルが声高に主張する中、レオ・ポートマンが提案する。

「では多数決で決めよう。黒い球体内部に侵入して調査をすることに賛成の者は？」

まず最初に手を上げたのはポートマン中佐だった。そして、リディア・オルストン中尉が迷いを見せながらも手を上げた。それを見て「おいおい……」と諦め声を出し顔を手で覆ったのはウィル・タケモト。

「これで決まったな。行くぞ。覚悟を決めろ、ウィル。我々はレスキュー隊だぞ。救助を求める人々が存在する可能性があれば、できる限りのことをしなければならない。それから、これは私の直感に過ぎないが、危険は少ないだろう。さっきのドローンがそれを証明している」

「わかりました」とウィルが諦めた顔をして前を向く。窓の外には黒い球体は見えない。だが、もっと接近すれば、視界に広がる星々の輝きを覆い隠す黒い膜として、はっきりとわかるようになるはずだ。

ポートマン中佐が航法パネルを操作して、目的地を指定すると、ゆっくりとシャトルが動き出した。ゆるい加速が背中を押す。

ウィル・タケモトは脳内のＡＩに遺言ファイルを作るように命令した。そのファイルはシャトルの通信系統を流れて木星とのリンクをたどり、準光速船ドックの居住区画に蓄積されるはずだった。

《22》

目的地に近づくと、シャトルの前には不気味な暗黒が広がった。当然、レーダーには何も映らない。膨大な数の恒星からの微かな光や、背景放射が切り取られた円形のブランク、死の淵としかいいようがない漆黒の闇が行く手を遮っている。

遺言をすべて記録させたウィルが息を呑みながら提案する。

「まさかいきなりここに突っ込むつもりではないでしょう？　無線操作のドローンが使えないなら、有線でまず内部を探ったらどうでしょうか」

「もちろんだ。やってみてくれ。境界線ははっきりしないが、おそらく三十メートル先には異空間が存在するはずだ」

ふぅ〜と息を吐き出したウィルが、使うべきドローンを目の前で選択する。シャトルの右側からゆっくりと前進する小型ドローンには、ワイヤーがくっついていた。その映像がリアルタイムでホログラムディスプレイに浮かび上がる。

一瞬画面にホワイトノイズが走ったあと、有線ドローンから入ってきた映像には、一見すると複雑に光り輝く円盤が映っていた。三キロほど先に見えるその円盤は、まだ遠くてはっきりとわからない。望遠映像の解像度を上げながら、ドローンはその方向へ近づいていく。すると、雑多な色彩を持つ透明なフィルムを切り取って重ねたような絵、あるいは複雑に滲む幾重もの線がはっきりしてきた。全体的に見れば明らかに人工的な構造物だ。

レオ・ポートマンは、その円盤が、二次元のホログラムのようだと感じた。ホログラムは三次元の物体を二つのレーザーで照射して、生じた干渉を二次元データとして記録する。その二次元データに再びレーザーを当てると、立体的な構造が浮かび上がる。目の前にある円盤は、三次元の構造物を二次元に記録した媒体のように見えるのだ。そして、この空間にある構造物はアステロイド・ワン以外に考えられない。

「ウィル、レーダーを使ってみろ。電磁波の観測もだ」

するとすでに観測していたらしいウィルが、「レーダーの反応はありません。しかし、電磁波の反応はあります。アステロイド・ワンからの救難信号および観測用レーダー波などなど、夥しいバンドで大量のデータを送信しています。これはアステロイド・ワンです！」と興奮して答えた。

「どういうこと？　アステロイド・ワンがなんであんなホログラムみたいな状態になっているの？」

リディア・オルストンが疑問を呟くが、それに答えられる知識を持つ人間はこの場にはいなかった。

「呼びかけてみますか？」

ウィルの提案にレオが「待て」と答える。

「今まで見たことも聞いたこともない不思議な状況だ。もう少し観察してみよう。リディア、あの円盤の直径は？」

「約三キロですね。ちょうどアステロイド・ワンの直径と合致します」

そんな会話をしているうちに、ドローンが円盤の上部から下部へ回り込む。その途中、円盤が完全に消失したように見えた。そして、下部へ回り込んでいくと、楕円が膨らみ始めた。これはアステロイド・ワンが完全に二次元化していることを意味していた。

「よし、ドローンを回収しろ。回収したら内部へ侵入するぞ。侵入したドローンに何も被害はない。我々が入っても大丈夫なはずだ」

ウィル・タケモトによって操作されるドローンが、漆黒の中から出現し、シャトルの右側に格納された。そして、三人のレスキュー隊を乗せたシャトルが、ゆっくりと黒い球体へ吸い込まれていく。すると、観測用ドローンから見たのと同じ光景が眼前にひらけた。極彩色に輝く円盤が三キロ先に見えている。

アステロイド・ワンをこんな状態にしている黒い球体。その内部に入ったとたん、思わず三人は自分の体を調べた。顔や足や腹部を触ってみる。しかし何の変化もない。目の前に手を出して注意深く眺めてみるが、以前とまったく同じ三次元に見える。少なくともこの異常な空間に侵入した物体は二次元化することはないようだった。

だが、向こうからはどう見えているだろうか。ふとレオ・ポートマンはそう思った。

アステロイド・ワンから我々を見たら、同じように二次元に見えるのだろうか……。

アステロイド・ワン内部

メンテナンス要員がよく使うハッチから内部に戻ったフィリップは、ブリーフィングルームへ直行した。そこで、レスキュー隊のマイケル・ベック隊長に娘のエミリアを保護するように要請した。スパイに連行されそうになった経緯も話した。

ベックはあまりにも早口でまくしたてられるので、両手で言葉を受け止めるようにしながら「落ち着いてくれ」と首を左右に振る。

「落ち着いてなどいられない。早く内部にいるスパイを見つけて欲しい。でないと、また妨害される可能性がある。スパイはＡＩの搬送波を自由にいじれるセクションにいるはずだ。中枢部だ。事態は急を要する。我々のこの異常事態だって回復できなくなるかもしれない」

「わかりました。すぐに捜査を開始する」

「それから……、シャトルを一機貸して欲しい」

「ハトルストン博士。シャトルでどこへ行くというのでしょうか」

「ここから外部に連絡できないのであれば私が出ていって連絡する。あと百二十時間しか残されていないんだ」

「まあ、落ち着いてください。さきほど二機のドローンを射出しました。すると、三・五キロ先で消滅しました。忽然とです。その後、音信不通、消息不明。三・五キロ先に何かがあるようです。なんらかの境界が。そこから先のことはまったくわかりません。ハトルストン博士、命が惜しかったらシャトル搭乗の件は諦めてください」

「だめだ。なんとしても外部のＭＪＳＵへ連絡する必要がある。一刻も早くだ」

「これから有線のドローンを飛ばして三・五キロから先の状態を探る予定です。それまで待ってください。当然、シャトルの発着許可は出せません。そうですよね？　ベルトン所長」

　さきほどからフィリップたちの会話を横で聞いていた、アステロイド・ワンの総責任者がうなずく。

「フィリップ、もし君に何かあったら娘さんはどうしたらいいんだ。ここは少し落ち着きたまえ。そうだ。ＩＭＣの稼働態勢ができているぞ」

「そうですか。我々のこの現状を回復するためにはＩＭＣが必要かもしれません。それは私も考えていました。ＩＭＣのなんらかの機能が発動してこうなっている可能性がある。もしかするとエラーなのかもしれませんが」

「研究スタッフたちがさっきから第二実験区画で会議をしている。君も参加してくれないか」

「ベルトン所長……」と言いかけたとき、ホログラムのウインドウが開き、報告が届いた。

「損傷区画の消火活動が終了しました。残念ながら二名の死亡確認。負傷者は五名です」

「わかった。私はそっちのコントロールから離れる。以降は君たちが処理してくれ。よろしくたのむ」

「了解」とウインドウ内で男が返事をすると、ホログラムには小惑星の全景が映し出された。スパイ搭乗のシャトルが墜落した部分の損傷状況が表示されている。想像以上に被害が大きいようだ。

ベルトンがひと仕事終えたような顔をしてフィリップに向き直る。

「ここは落ち着いて行動してくれ。一息つけるようだから、私もその会議に参加する。今後のアステロイド・ワンの運命を左右する会議だ。あと百二十時間もある、そう考えようじゃないか。それだけ時間があればＩＭＣを回復することができる」

フィリップが何かを言いかけたとき、再びホログラムのウインドウが開いた。マイケル・ベックの部下が焦った表情を見せながら、「所長、ベック隊長、外部からの電磁波を確認しました。ドローンのレーダー波です」と報告する。

「なんだと？」とベック隊長がホログラムに食らいつく。

「隊長、本当です。ドローンの噴射光が移動するのも確認しました。もしかすると外部のレスキュー隊が来たのかもしれません」

「わかった。すぐそっちに行く」

隊長は、振り返ることもなく、ブリーフィングルームを小走りに出ていった。ベルトン所長とフィリップは顔を一瞬見合わせて隊長の後を追った。行き先はアステロイド・ワン常駐のレスキュー隊ＣＩＣ《中央作戦室》だ。

《23》

フィリップとベルトンが早足でレスキュー隊のCICに入っていくと、大きなホログラムディスプレイの前に数人が集まり議論をしていた。その中心にいるのはマイケル・ベック隊長だった。

「最初にあったのはレーダーの反応です」と説明する若者の胸には、ウォルター・アルバレズという名札があった。

「これが侵入してきたドローンの映像です」と指でホログラムを示す。

おかしなことに、その望遠映像にはドローン本体の姿がなく、後部の噴射光だけがゆっくりと動いていた。その様子を見てベックが「なんだこれは」と漏らす。

「よく見ていてください」とウォルターが注意を喚起したとき、相対的な位置の加減で二次元化したドローンが見えた。

「どういうことなんだ？　こんなドローンは見たことがない。だが、明らかに我々人類のドローンなんだろう？」

「そうです。使われているレーダー波も噴射光のスペクトル解析結果からも我々レスキュー隊が装備しているものに間違いありません」

そのうち、ドローンが後部にワイヤーを引いているのが見えてきた。

「これは有線での運用だな。とすると、外の連中は我々が発射したドローンに気づいたのだろうか。制御が切れてふらついたドローンを目撃した結果、わざわざ有線のドローンを使ったんだな。……しかし、なぜ呼びかけてこない？」

　そこへ、外部からのコンタクトがあったという噂を聞きつけて、ＩＭＣの研究スタッフたちも駆けつけてくる。その中にはジェフリー・ワタナベやサンドラ・コールマンもいた。照明の落とされているＣＩＣの内部が騒がしくなる。

「無事でしたか。気がつかなくてすみませんでした。スパイに連行されそうになっていたなんて……」とささやきながら、ジェフリー・ワタナベがフィリップの横に来る。

「大丈夫だ」と答えたが、フィリップの心はいても立ってもいられないほど沸騰していた。だが、冷静を装って、「今はそれどころじゃないようだな。どうやら我々は異空間にいるのでもワープしているのでもないようだ。ただ、何かがおかしいことは確かだが」と答え、部下を安心させることに努めた。

「実験スタッフは今までのデータ解析をしています。あなたが参加してくれないと進まない部分もありまして……」

「参加するよ」

　そのとき、レスキュー隊のレーダーが再び接近する物体を発見して警報音を発した。ホログラム画面に全員が押し寄せるが、ベックが「みんな落ち着け」と言って押しとどめる。

ホログラムには情報を解析したＡＩの［UNKNOWN］という表示と共に、侵入者を表す輝点が明滅している。その光学観測映像も二次元だった。だがよく見ると、シャトルの形をしているようだ。そして……。

「アステロイド・ワン。応答せよ。こちらは木星系のレスキュー隊だ。聞こえるか。我々にはアステロイド・ワンの姿が見えている。応答せよ」

レオ・ポートマン中佐の声が聞こえてきたときにはＣＩＣにどっと歓声がわいた。

「こちらはアステロイド・ワン。レスキューのマイケル・ベック少佐。そちらの声は聞こえている。お久しぶりです。ポートマン中佐」

「ベック少佐か。やっとつながったな。現在のところ、アステロイド・ワンの外部に到着しているレスキューは三名だ。そちらの状況を伝えろ。しかし、なんなんだこの状況は。アステロイド・ワンが二次元の膜に見えている。まるで立体化する前のホログラムのようだぞ」

この言葉を聞いて、ＣＩＣが再びざわついた。これでアステロイド・ワンとシャトルのお互いが、相手を二次元でとらえていることが判明した。

「ＩＭＣの実験中にトラブルが発生した。ＩＭＣとはアンセスターの機械だ。その研究中に異常が発生、現状に至っている。犠牲者も数名出ている。アステロイド・ワン本体の機能低下はない。生存条件も損なわれていない。その点は大丈夫だ」

「アステロイド・ワン、原状回復の見込みはあるのか」

その問いかけに答えられず、ベック少佐は身を翻してフィリップとベルトンの方を向いた。

「原状回復はこれからの作業にかかっている。元に戻るという保証は今のところない」

残念そうに答えたフィリップの言葉は、直接シャトルに届いたようだった。しばしの沈黙があったあと、レオ・ポートマンのさらなる問いかけが聞こえてきた。

「我々にできることは何かあるか？　実際のところ、装備も人員も足りていないが」

フィリップはたまらなくなって大声を出した。

「ポートマン中佐、聞いてくれ。私はフィリップ・ハトルストンだ。すぐに木星系に連絡をして娘のエミリア・ハトルストンを保護してくれ。数時間前に私は娘に危害を加えると脅されてスパイに連行されそうになった。そのスパイは死んだ。連絡がなかったら娘が危険になる。ポートマン中佐、すぐに引き返して木星系に連絡してくれ。アステロイド・ワンは私たちがなんとかする！」

フィリップの陥っている境遇は、人々のざわめきと共に広がっていった。シャトルからはしばらく返信がなかったが、「ベック少佐、ハトルストン博士の要請を受けていったん引き返す」という声が聞こえてきた。

「そうして欲しい。それから、ＩＭＣの再起動が開始されたら、君たち外部の人間は相当遠くまで避難することを勧める」

「了解した。黒い球体状の空域外に出ると、木星系との通信が回復すると推測する。外部で通信を試みるつもりだ。だがその前に、ちょっと確かめたいことがある。我々はアステロイド・ワンが発射したドローンと衝突した。だが、ドローンは我々のシャトルの中をすり抜けていった。物質的な相互作用がなかった。それをまた確かめてみたい。このシャトルでアステロイド・ワンに接触してみる」

その場にいた科学者たちがこの発言を聞いて顔を見合わせ議論を始める。そんな中でポートマンの提案に答えたのはフィリップだった。

「ポートマン中佐。それはいい提案だ。我々の現在のステータスが一気に判明する。ゆっくりやってみて欲しい」

そのとたん、「大丈夫ですかね」「おそらく空間三次元のうち、二次元だけを共有しているんだ」「その二次元が相互作用しないのはなぜだ」「それを可能にするのがアンセスターなんだ」「ドローンがすり抜けたからってアステロイド・ワンもすり抜けるとは限らないのではないか」といった会話が乱れ飛んだ。

だが、すでにシャトルはアステロイド・ワンの内部に侵入していた。シャトル側から見れば、広大な直径三キロの薄い膜に、機首から直角に突っ込んでいくような感じだった。そんなポートマン中佐の実況を聞きながら、ＣＩＣの人間たちは状況を見守った。すると、ＣＩＣのクリーム色の壁からシャトルの機首が出てきた。まるで幽霊のように。

それに気づいた人の群れが「お～！」という喚声を上げて避ける。その中を二次元に潰され、薄いプラスチックの積み重ねに見えるシャトルがゆっくりと抜けていく。

だが、その機体は前後に伸び、いつまでたっても機体後部が見えてこない。そもそもシャトルの全長は二十メートルのはずだ。それが、延々とスパゲティのように引き伸ばされた機体が流れていく。機体の内部にはおそらく三人のレスキュー隊もいるのだろうが、なにしろ引き伸ばされた線になっているので判別できない。

この異常な現実を信じられない表情で見ていたベックは、機体が伸びている方向に点在する監視カメラを確認した。すると、シャトルの機体は少なくとも三キロ以上あることが判明した。

ベックが何を調べているか理解したフィリップも、それを見て驚く。そして、相互作用しないシャトルとアステロイド・ワンの物理的事実から、ある仮説を思いついていた。

結局、シャトルがアステロイド・ワンを刺し貫いて通過し、後部の噴射光が流れていくまでに二十分もかかった。フィリップは去っていくシャトルの光学観測映像を見つめながら、安堵の念が体を満たすのを感じた。これで、娘はなんとかなる。火星のレスキュー隊がエミリアを保護してくれるだろう。

「フィリップ。さっそくＩＭＣの再起動に取りかかりましょう」

横からジェフに声をかけられ、フィリップはうなずいた。

「我々の三次元の要素と、カラビ＝ヤウ空間の六次元の要素の入れ替わりについて、検討する必要があるようだな」

「やはりそれですか。自分もそう思っていました」

フィリップとジェフがＣＩＣを出ていくのに気がつくと、実験スタッフたちもそれに続いた。実験区画へ歩いている途中で、不意に脳内に声が聞こえてきた。その瞬間、ＡＩが復旧したのかと思ったが、声は男のものだった。フィリップが選択しているＡＩのキャラクターはエミーと名づけた女性だ。男の声は、「また会ったな、フィリップ」と旧友に声をかけるような口調だった。

「君はフレディか？」

「そうだ。私はまだ死なんぞ」

フィリップはキツネにつままれたような気分になった。小型デバイスに閉じ込められたフレデリック・アグニューは、シャトル内でスパイに破壊されたはずだ。

「私がここにいることが不思議か？　そうかもしれんな。君の部屋であの男がＡＩの搬送波をシャットダウンする前に、エミーが気を利かせて私を転送してくれていたんだ。君の脳ＡＩに」

「そうだったのか」

「さすがエミーだな。ご主人の命令に背いて最善の選択をする。よくできたＡＩじゃないか」

突然声が切り替わった。

「フィリップ。ごめんなさい。状況を予測してみると、アグニュー博士をロードしておくのが最優先だと判断したの」

「ありがとう、エミー。そして久しぶりだな」

「また会えて嬉しい。でも、しばらくはアグニュー博士の人格シミュレーションを走らせておくから」

「どうだ。フィリップ。よくできた女だな」

「ところでフレディ、君はシャトルがアステロイド・ワンをすり抜けたのを見ていたのか？」

「見ていたとも。それから、エミリアが助かりそうで何よりだ。おっと、私が君の内部にいることは他言無用だ。私は消されるかもしれないからな」

「了解した。あのスパイの目的の一つに、君を消滅させることもあったのかもしれない。ＩＭＣの実験が失敗したことをどうしても隠したい人間がいるんだろう。一番知られてはならないのは君だ」

「そういう君にも危険が及ぶ可能性があると思うのだが」

「大丈夫だ。失敗はさせない」

「ずいぶんと自信があるんだな。根拠があるのか？」

「君は根拠のない妄想が好きだったろ？」

一回目のＩＭＣ実験が失敗に終わった区画を通り過ぎた。ここは完全に封鎖されていた。その向こうに並ぶゲートの一つが開いている。やはり武装人員が通行規制をしていた。

第二章　さまよえる小惑星

《24》

　第二実験区画内の小会議室では、ＩＭＣの実験スタッフやリュック・ベルトン所長が楕円形のテーブルを囲むように座っていた。

　入り口に近いところにはレスキュー隊の責任者であるベック少佐、その隣りには武装人員と同じいでたちの、三十歳くらいの見慣れない男が座っていた。後から入っていったフィリップが座ると、その男の顔とは正面に向き合うことになった。

　そんな視線を察知したらしいフレデリック・アグニューが、「あれはアステロイド・ワン警備隊の責任者、クリストフ・アッカーソン。つい最近転任してきたようだ」と教えてくれた。フィリップは間違えて声に出しそうになりながらも、「サンキュー」

と脳内で答えた。おそらく、エミーからの受け売りだろう。他の人格シミュレーションを走らせているからといって、エミーは自分の意識を完全にオーバーライドさせてはいないはずだ。

無言の会議室の中、フィリップはベルトン所長の左に座った。しきりに仮想キーボード上で指を動かしているベルトンの右にはレスター・プラウズ長官の姿もある。この場に漂っている緊張感は、長官の仏頂面から発しているようだった。じっと動かずに瞑目し、上から落ちてくる冷たい滝にでも打たれているかのように、何事かに耐えている。

ベルトンがクリストフ・アッカーソンと脳内でAIを介した会話をしたようだ。アッカーソンがうなずいて、会議室のドアをリモコンで閉める。

「所長、防諜ロックも作動しました。それから、脳内のAIも外部とのコミュニケーションはできません」

「ありがとう。では、現在のアステロイド・ワンの状況確認から始めよう。知っての通り、我々は黒い球体に閉じ込められている。これはさきほど会話を交わしたレスキュー隊のポートマンの報告で判明した。しかも我々を含んでいるアステロイド・ワンが二次元化しているという。だが、我々はこうして三次元世界に住んでいる。まず、この状況を説明できる者はいるか？　もちろん仮説でも思いつきでもかまわない」

フィリップの左隣りのジェフリー・ワタナベ、さらに左のサンドラ・コールマンが何か言いたそうな顔をして、フィリップのほうを向く。

「ジェフとサンドラ、発言してくれないか。おそらく君たちと私の意見は同じだと思う」

二人の若い研究者に発言を促すと、フィリップは目の前のホログラムディスプレイから作図ツールを引っ張り出して、後の説明に必要となるであろう概念図を作り始めた。

「では、私から」とサンドラが発言を始める。その場にいた十五人ほどの注目が集まる。

「なぜ、我々が、外部から侵入したレスキュー隊に二次元で見えたのか、ですが……。我々からも彼らが二次元に見えました。アステロイド・ワンの内部を、少なくとも全長三キロまで引き伸ばされた二次元のシャトルが目の前を通り過ぎるのも目撃しました。つまり、それぞれの世界は三次元ですが、相手には二次元に見える。しかも相互作用しない。

これらのことを考えると、三次元の成分には三つ、すなわちX、Y、Zがありますが、このうち一つの成分が違っている。二つの成分は共有しているということではないでしょうか。ただ、二つの成分が相互作用しない事実の説明はできません」

そう発言するとサンドラはジェフにその先を譲った。

「おそらくここにいるみなさんは基本的な宇宙空間の構造についてはご存じだと思いますが……。たとえば、X、Y、Zの空間三次元と時間次元を足して、普通の四次元時空。そして、プランクスケールに折り畳まれているカラビ＝ヤウ空間内の六次元……」

ジェフは周囲を見回した。すると、「わしはあまり知らんぞ」とプラウズ長官が重い声を出した。話を続けようか迷うジェフに「続けてくれ」とベルトン所長が声をかける。

「このさい時間次元は関係ありませんから、時間次元を外すと、三次元＋六次元で空間次元が構成されています。現在アステロイド・ワンで発生している現象は、我々が認識できる三次元のうち、一つの次元が見えない六次元の一つと入れ替わったのではないかと推測できます。もちろん、それはＩＭＣの働きです。誤作動なのか、本来的な機能なのかわかりませんが」

「君の意見は？」とベルトンに促され、フィリップは作り終えた簡単な文字列を各人の前にあるホログラムに配信した。

「これを見てください」

現れた文字列は、二つの項目に分かれていた。

①空間次元（X、Y、Z）＋カラビ＝ヤウ次元（a、b、c、d、e、f）
②空間次元（X、Y、a）＋カラビ＝ヤウ次元（Z、b、c、d、e、f）

「空間次元を表す九つの記号のうち、どれが入れ替わっても同じです。①がアステロイド・ワン外部の状態。②が現在のアステロイド・ワンの状態です。②の状態とは、もともとあった三次元空間の成分Zが、プランクスケールまで収縮してカラビ＝ヤウ空間に折り畳まれ、ａという次元が伸張して我々が認識不可能な三次元の一つの成分として現れた。

　不思議、なおかつ深刻なのは、ポートマン中佐の報告にもあったように、我々の発したドローンが、黒い球体外部でも二次元に見えたということです。この②に該当する空間次元の入れ替わりは、外部に出ても、すなわちＩＭＣの影響範囲外に出ても変わらないということです。まったく原因も原理も不明。お手上げです。

　これは、我々が外部に退避して木星系へ逃げおおせたとしても、他の人類からは二次元の生物に見えるということです。しかもお互いが接触してもすり抜けてしまう。外部に存在する食糧や水も摂取不可能。我々はアステロイド・ワンを放棄して太陽系へ帰ることができない」

「で、この現象がＩＭＣのエラーなのかどうかという話はどうなった？」

ベルトン所長が先を促す。

「それはわかりません。ただ、まだフレデリック・アグニュー氏の小型デバイスがこの場にあったとき、彼が言っていました。この現象は、ＩＭＣによるステルス機能なのではないかと」

「そうか……」とジェフが声を漏らし、抑えきれずに発言を続ける。

「そういうことですか。ＩＭＣを積んで外宇宙へ行けば、危険な状態に遭遇したときに……他の知的生命体から身を隠したりできる。それに、相互作用しないこの状態を維持すれば、惑星や恒星といった障害物をすり抜けて飛行可能。どでかくて有害なガス星雲の中も楽に通り抜けられます。光とまったく同じ一番効率的な直線の飛行コースが設定できるわけですね」

「う〜む。それが本当だとすると、アンセスターのテクノロジーとは、我々人類にとってほとんど魔法だな……」

プラウズ長官が再び重い声を響かせた。

「ところで、フィリップ、なぜＩＭＣがこんな状態を引き起こしているのだと思う？」

ベルトン所長の再度の促しにしぶしぶフィリップが答える。

「それは……。ただ単なる妄想でかまわないのであれば言えることもありますが……」

「いいから言ってみてくれ」

「ＩＭＣがフォトン化の暴走をして、レスターが傷ついたあと、ＩＭＣは無重力状態でフラフラと宇宙空間を漂いはじめました。その様子を見て、私は……なんとなくＩＭＣに人格があるのではないかと思いました。たとえば、傷つけてはいけない主人を傷つけ、自分の行為に落胆して絶望したかのように……」

ＩＭＣを擬人化したような発言をして、フィリップは少し恥ずかしくなったが、誰の表情も深刻なままだった。あれほどのテクノロジーを内蔵しているＩＭＣのことだから、感情を持つ人格のようなものが搭載されているとしても、誰も驚かないだろう。

「これも私の勝手な妄想に過ぎませんが、ＩＭＣは傷ついたレスターを隠すためにステルス機能を発揮したのではないかと思えます」

全員が沈黙してしまった。ここから先の話を受け継げる人間は、この場にはいない。

「なので、レスターが回復したことをＩＭＣに認識させることが一策としてありうるのではないでしょうか」

ベルトンが一番遠い場所に座っているクリストフ・アッカーソンに、「メディカルセンター長とつないでくれ」と命じる。アッカーソンが通信パネルを呼び出して操作すると、白衣を着た女性医師がホログラムに浮かび上がった。

「ベアトリス、レスターの状態を報告してくれ」

ベルトンの求めに応じて、女医が患者の生体データを転送してきた。脈拍や血圧、脳波、酸素摂取量などの基本的な数値は異常が見られないようだった。

しかし、レスターのリアルイメージを見た全員が息を呑んだ。六歳にも満たない少年は、人工呼吸器をつけられ、全身にチューブが刺さっていた。もちろん、意識があるようには見えない。

「これは……」というような声が多数聞こえてくる。その場を制するようにベルトン所長が暗い表情で説明を始めた。

「見た通り、現在のレスターは生命維持装置に頼って生きている。切断された手と足の再生手術のためにナノマシンを導入したところ、アレルギーショックを起こしたのだ。ＩＭＣの実験を再開するためにはレスターが必要だ。だからこの状態を維持させている。本来ならばもう死んでいるはずだ」

「なんと……」とフィリップはホログラムの中で横たわる少年の姿を見つめ、デスクの上で手を組み鼻をこすった。

「すまん。レスター……」

「しかし、脳波を見て欲しい。脳は生きている。脳ＡＩを導入すれば会話ができるはずだ。実験再開まではＡＩを入れる手はずになっている」

「ひどい！」とサンドラが小さいが張りのある声を出した。

「その通りです。ベルトン所長」とジェフリー・ワタナベが続く。そしてフィリップもたまらず声を出していた。

「こんな状態のレスターをＩＭＣの実験に立ち合わせるべきなのか疑問に思います。これ以上、この少年を利用するのは反対です。レスターが回復すればＩＭＣは正常化する可能性があります。まず、レスターの治療に専念するべきではないでしょうか」

「当然それはもうやっている」

　プラウズ長官がベルトンの胸のあたりから顔をフィリップに向けていた。その顔には誰よりも深刻なシワが刻まれていた。

「レスター少年には申し訳ないが、最善の治療をした結果がこの状態なのだ。もう手の施しようがないんだ。わかってくれ」

ベルトン所長が暗い顔でそう告げる。

「だったら脳ＡＩのインプラントは見送ってください」

「現在のＡＩは、昔のように脳を切開する必要がないことは君も知っているだろう。ナノマシンの注入によって形成される。レスターの体への侵襲はほとんどない」

「しかし、ナノマシンによるショックが原因なのでしょう？　もうこれ以上、少年を利用することには反対です」

目の前のホログラムディスプレイには、レスターの小さな心臓の動きを示す人工的な波形が表示されていた。生命維持装置の電源を切れば、この波形は直ちに平坦になってしまうことを考えると、フィリップの心は痛んだ。そんな痛みを理解したかのような珍しく優しい声で、レスター・プラウズがフィリップに声をかけた。

「彼の治療はこの小惑星よりも高度な施設がないとできない。ここでは現状維持がせいいっぱいだ。彼の治療はＭＪＳＵ政府が保証しよう。火星への搬送を考えている。だが、そのためにはこのアステロイド・ワンの異常事態を回復しなければならない」

《25》

「その通りですが……。ジェフ、何か名案は思いついているか？」

フィリップの隣りでホログラムを見つめていたジェフリー・ワタナベが、自信がなさそうに発言を始めた。

「ほとんど何の根拠もないのですが、ＩＭＣが暴走し始めた状態まで再現するしかないと思います。そのときにレスター少年が健在であれば……。とにかく彼がその場にいなければ、破局が訪れるかもしれません」

やはりできることは限られていた。意識不明で横たわった状態に陥っているとしても、レスターの力を借りる、いやレスターが存在すること自体に頼るしかなかった。

「彼には申し訳ないが、やはり実験の場にいてもらおう。今度失敗したら我々はおしまいだろう。その失敗がアステロイド・ワンだけの消滅で終わればいいのだが……」

ふだんは大胆不敵な笑みを浮かべるプラウズ長官も、ＩＭＣの恐ろしさがようやく身に沁みたらしい。言葉の隅々に弱気が汲み取れる。

結局のところ、アステロイド・ワン中枢部で行われたこの会議は、成功する見込みがこれっぽっちもないまま、ＩＭＣの実験再開を決定した。アセンション・エリアを再出現させれば、アステロイド・ワンを包み込んでいる異常な状態が回復するかもしれないという、まるで無根拠で闇雲な願望を抱いたまま。しかも、実験の成否を六歳にもならない昏睡中の少年に背負わせて。

第二実験区画に運び込まれたＩＭＣには、すでに一回目と同じように各種のセンサーやら夥しいケーブルが接続されていた。そして実験室内には生命維持装置に囲まれたレスターのベッドも設置された。小さなベッドの中央で目を閉じるレスターには表情がない。口は酸素マスクが塞ぎ、髪の剃られた頭部は薄い銀色の金属が覆っていた。このセンサーによって脳細胞の電位差を深部まで測定し、精神活動のおよその内容が視覚化されている。

現在のところ、レスター少年の脳は覚醒しているのと同じような測定パターンを示している。おそらく、今の彼には意識があり、体が動かないことにじっと耐えているのだ。

ＩＭＣにエネルギーを与え、励起状態に導くためのプログラムはすでにできていた。前回の実験通りにオペレーションを行えば、同じ結果が再現されるはずだ。そうでなければ科学は成立せず、予想通りの機能を出現させる機械としてのＩＭＣに存在意義はなくなる。だが、このＩＭＣに限っては人間の科学をベースにした論理的な予想など通用するはずがなかった。

サンドラ・コールマンの編集したアルゴリズムによって、ＩＭＣにエネルギーが注入されると、前回と同様にカラビ＝ヤウ空間に内蔵されていた次元が三本出現した。それと同時に、あのイシスの歌声も聞こえてきた。

そして、三本の触手は予想通り傍らのベッドに伸び、生命維持装置からレスター少年の体まで、まんべんなく撫で回した。その様子を、コントロールルームのガラスを通して、フィリップは固唾を呑んで見守った。オブザーバー席にはやはりブラウズ長官がベルトン所長と共に陣取っていた。

事態が急変したのはその直後だった。レスター少年に触れた触手がIMCの上部に収納されるように消え、突然、本体が強烈に発光し始めたのだ。IMCはいきなりアセンション・エリアを発生させ、それがじわじわと急拡大していく。その様子を見ていた実験スタッフからも、オブザーバー席からも驚きの声が上がる。

「これは……」とフィリップは絶句した。レスター少年の状態を察知したIMCが再び暴走したというのか。

「サンドラ、エネルギー供給を停止しろ」

「了解。供給切断……。IMCに変化はありません」

隣りでホログラムを監視しているジェフも、「アセンション・エリアは現在半径五メートル。さらに拡大中です」と報告する。

「またか……」とフィリップは心の中で呟いた。また逃げるしかないのか……。我々人類には、アンセスターのテクノロジーを操る能力は本当にないのかもしれない。恒星間飛行など夢のまた夢なのだろうか……。

このままだとレスターが危ない。そのことに気づいたフィリップが実験室内へ駆け込もうとしたときにはもう手遅れだった。アセンション・エリアの光の渦が生命維持装置を食べ始め、すでにベッドも半分なくなっていた。ものすごい光圧のために近づくことすらできない。

フィリップはガラスの向こうで繰り広げられるＩＭＣの餐食を見守ることしかできなかった。光の渦は、それが物体だろうと人間だろうと、触れるものすべてを溶かして光に変えていく。がっくりと体の力が抜け、肩を落としながら自分のシートに戻ったときには、レスター少年を乗せていたベッドや、周囲の生命維持装置はすべて消滅していたし、ＩＭＣから発生していたアセンション・エリアの嵐も消えていた。後には薄青い光をかげろうのように放つＩＭＣの本体が、実験室の中央に残っていた。まるでレスター少年を呑み込んで満足したかのように。

しばらくコントロールルーム内は無言だった。だが、調べなければならないことがある。この再起動によってアステロイド・ワンの二次元異常状態が回復したかどうかだ。

「サンドラ、オペレーションセンターにアステロイド・ワンのステータスを確認するように依頼してくれ」

フィリップのほうを一瞬見たサンドラの前で、ホログラムの表示が変化する。すでに有線のドローンが、何機もアステロイド・ワンの周囲を取り囲んでいる。そのデータはこの実験室にもリンクされており、リアルタイムで観測が可能な態勢になっていた。

「現在のところ、変化はありません。以前のまま異常な状態です」

「そうか……」

フィリップはそう答えたが、一番に知りたいのはＩＭＣの挙動の意味だった。なぜＩＭＣはレスター少年をアセンションさせたのだ？　少年があまりにひどい状態に陥っているのを見かねて安楽死させたとでもいうのか？　二十世紀の戦場で、重傷に苦しむ助かる見込みのない戦友に致死量のモルヒネを与えるように？

そんなネガティブな推測しかできないフィリップの耳に、信じられない声が聞こえてきた。

「フィリップおじさん。ねぇ、フィリップおじさん」

最初は強烈な自責の念が幻聴を引き起こしたのだと思った。ところが……。

「フィリップおじさん、ぼくだよ、レスターだよ」と再び聞こえたので、周囲を見回すと、スタッフたちもその声を聞いたようだった。誰もが目を見開き、呼ばれた名前の主であるフィリップに注目していた。

「フィリップおじさんと、実験スタッフのみんな、それから偉いおじさん。ぼくの話を聞いてくれないかな」

「君はレスターか？　一体どうしたというんだ。アセンションして消えたように見えたが……。どこにいるんだ……」

わけがわからず、どこに向けて声を発すればいいのか見当もつかないまま、フィリップは答えた。

「ぼくはここにいるよ」という声は、実験室の中央から聞こえてくるようだった。そこにはＩＭＣがある。

「ぼくはアステロイド・ワンの中枢コンピュータに乗り移っている最中だよ。さすがに高度な防壁があるけど、もうすぐ破れると思うよ」

この言葉の意味をすぐに理解したのはレスター・プラウズ長官だった。オブザーバー席から立ち上がって叫ぶ。

「ＩＭＣと中枢システムとの接続をすぐに切れ！」

「プラウズのおじさん、もう遅いよ。侵入完了」

その声の位置が確かに変わった。今までは実験室のガラスの向こうから聞こえていたが、レスター少年の声は、すでにアステロイド・ワン全体から響き渡っていた。

「レスター、一体何が起こっているんだ？　教えてくれないか」

フィリップが天井を見上げながら問いかける。

「フィリップおじさんだけには教えてあげるよ、こっちにおいでよ」という声が全方向から聞こえた。

誰も操作していないのに、実験区画とアステロイド・ワンを隔てる気密ドアが、シューという音を立てて開いた。こっちへ来いという意思のようだ。

フィリップは誘導されるまま歩いた。

《26》

通路へ出たフィリップは、後ろで実験区画の気密ドアが閉まるのを感じた。出入りを管理していた武装人員数名は、怪訝そうな顔をしながら、操作パネルを確かめている。誰からもドアの開閉を指示されていないからだ。

しばらくどちらへ行ったらいいのか迷っていたフィリップを察して、アステロイド・ワン全館から少年の声が響く。

「とりあえず、レスキュー隊のＣＩＣ《中央作戦室》がいいかな。あそこだったら色々な情報機械があるし……。でもその前にやることがあるかな」

フィリップは「待てばいいのか？」と天井に呼びかける。

「待たなくてもいいよ。もう始めているから」

その答えを聞いてフィリップは歩き始めた。実験区画の気密ドアから遠ざかる途中、武装人員のあわてた声が響いてきた。

「どうして開かないんだ！」「わかりません」「内部とのコミュニケーションは？」「一応取れていますが……」「こじ開けろ！」

フィリップは「閉じ込めたのか？」と訊ねた。

「そうだよ。だってあの人たち、ろくなことを考えないんだもん」

イシス・プロジェクトを成功させるために利用され、負傷し、最後にはアセンションしてしまったレスター少年。まだ六歳にも満たないうちに肉体を失ってしまった彼のことを考えると、我々大人が報復されたとしても仕方がないような気がする。そんな思いにとらわれながら、フィリップは無言で歩いた。

レスキュー隊のCICに近づくと、背中に格納されていたヘルメットを引っ張り出し、顔や頭に押さえつけている隊員たち数名が出てきた。全員がうろたえている。

「どうしたんだ?」とフィリップが声をかける。

「CICから出ていけという声がして、無視していると、二酸化炭素や窒素を注入されました。次はもっと有害なガスを供給口から入れると脅されたので、逃げてきたのです」

「レスター、こんなことを続けていると、警備隊とその親玉であるプラウズ長官が手荒なことを始めるぞ」

「すでに閉じ込めてあるから大丈夫だよ。戦争になっても絶対に負けないから。量子コンピュータでシミュレーション済みだよ」

レスターの知能に、ギガ量子ビットを誇る超大型量子コンピュータの演算能力が加われば、おそらく無敵の戦略シミュレーションが完成する。

少年はどうやってかわからないが、アステロイド・ワン中枢にあるスーパー量子コンピュータ、ＳＱＣＸを乗っ取っているらしい。ＳＱＣＸはアステロイド・ワンのすべてのオペレーション――生存環境の維持、姿勢制御、外部との通信、危機管理などを司っている。万が一、人間がすべて死滅しても、自力で損傷箇所を修復したり、反物質炉や核融合炉を運転して生き残ることができる。

そんなことを思い出しながら、フィリップがＣＩＣに入ると、天井にある三つのエアダクトから、猛烈な勢いで酸素が流れ込んでいた。そのとたんにドアが閉まる。おそらく開閉操作は利かないのだろう。レスターがその気にならない限り。

「もう大丈夫だよ。呼吸可能な空気の組成になっているはず」

「あまり我々をいじめないでくれよ。人間を代表して君には謝罪する。すまなかった。復讐したいのなら、私にして欲しい。だから、他の人間は許してやってくれないか」

「そんなことはもういいんだ。ぼくはね、みんなにＩＭＣを諦めて欲しいだけなんだ。もうわかったでしょ？　前にも言ったけど、あれは人間には扱えないよ。へたしたら宇宙が壊れる」

「今のところ、その通りだな。安全な運用などできていない。その証拠が君のアセンションだ。だが、おそらく人間たちは諦めないだろう。それが人間という生き物だ。宇宙に初めて進出した二十世紀から、我々は大量の犠牲者を出しながら宇宙開発を続けた。ＩＭＣに関しても人間は決して諦めないはずだ」

「う～ん。困ったよね、それ。ＩＭＣの中に入ってわかったんだけど、動かすときに量子暗号コードが必要なんだよ。暗号の形式からすると、ＩＭＣはたくさんあったみたい」

「やはり三本の触手は、安全装置なのだな……」

「そういうことになるね」

「ところで、今の君はどういう状態なのだ。どうして体が消滅したのに意識がある。というか、それは人格シミュレーションなのか。それとも肉体が存在していたときと同じ意識なのか」

「おかしなことを聞くんだね。ぼくはぼくだよ。以前のまま。昔、映画とか小説で、死ぬ前に脳をそのままコピーして永遠に生きるなんて話がよくあったようだけど、そんなのは、結局もともと生きていた自分とは別人格でしょ。永遠の不死なんてありえないんだよ。その次元での話だったら違うよ」

「私もそう思うな。たとえ脳細胞を一個一個まったく同じに配置してニューロンを寸分たがわずに配線したり、原子レベルでの忠実なコピーを作ったとしても、自分とは違う意識が生まれるだけだ。そしてコピー元は死んで無になる。虚しい努力だ。しかし、今の君はそうじゃなく、本物だと言うんだな？」

「その通り。それがアセンションだから。ぼくの体は、そっくりそのままＩＭＣによってフォトン化した。生きていたときの量子もつれを保存したまま。だから、ぼくは光子となって散逸したりどこかの原子軌道の電子に吸収されたり、ボソン《素粒子》として電磁気力の伝達に使われたりしていたとしても、ぼくはぼくのまま、意識が保てるんだ」

「なんという……。にわかには信じられないが」

「事実を目の前にして、何を言っているんだか……」

レスターのクスクスと笑う声が聞こえた。

「君は、アステロイド・ワンを操って、我々からＩＭＣを取りあげると言うんだな？」

「そうだよ」

「おそらく、君の勝ちだろう。しかし、そのあとはどうするんだ？」

「ぼくはアンセスターが逃げていったとされる星へ行ってみたいんだ」

レスターがそう発言したとき、我慢できない男が割り込んできた。

「おそらくレスターが言っているのは十八・八光年離れているりゅう座のシグマ星だろう。その星は太陽と瓜二つのソーラーツインとして研究されてきた。ハビタブルゾーンに地球とほとんど同じスーパーアースが存在するんだ。すでに我々の無人探査機が向かっている。太陽系に残存する遺跡からも、りゅう座シグマ星にアンセスターの一部が向かったという情報が出てきている」

「フレディ、私の脳内にいるのは窮屈ではないかな。レスター、人格シミュレーションをそっちで面倒見てやってくれないか」

「いいよ。量子ＡＩとの通信を許可してくれる？　許可がなくてもできるんだけど……」

「エミー、ＳＱＣＸとやり取りしてくれ」

「わかった。フレデリックをあちらへ送ればいいのね」

感覚的には特に窮屈ではなかったが、小うるさい人格シミュレーションが脳内から消えると、フィリップには少しばかりの解放感が訪れた。すぐにアステロイド・ワンからフレデリック・アグニューの声がサラウンドで聞こえてきた。

「君の脳内にいるよりもこっちの世界は広い。すばらしい。ギガ量子ビットという無限のリソースを操れる。若干、私の思考スピードも上がったようだ。それに、参照可能な情報量が違うぞ」

「フレデリックおじさんは、ぼくと一緒にアンセスター探しに行く？」

「おお！　もちろんだ！　レスター、よく私を受け入れてくれた。ありがとう」

本当にフレデリック・アグニューは喜んでいるのだろうなと、フィリップは思った。それに、レスターがこれからどのようにしてアンセスターを探しに行くのかも推測できた。十八・八光年という人類未踏の距離を移動する手段は、もう手に入れているのだから。だが、一応質問してみた。

「で、探す方法は？　シャトルに乗っかっていくとでもいうのか？」

「ばかな質問はするな。そんなのはちょっと考えればわかるだろう。ＩＭＣがあるんだぞ。それに、アステロイド・ワンには推進装置がついている。もちろん、ここの推進装置は貧弱で、普通ならば恒星間航行など不可能だが、慣性質量がなくなれば準光速航行が可能だ。そうだよな、レスター」

「計算によればこのアステロイド・ワンでも光速の九十％近くまでは可能だよ。そんな速度を出しても、ＩＭＣがあれば星間物質との衝突は起こらないし。地球の人から見れば二十年の長旅になるけど、もうぼくもフレデリックおじさんも老化とか寿命とかは関係ないからね。それに準光速旅行者の体験する主観時間はわずか数年程度だし」

「私はもう、楽しみでたまらん。一刻も早く出発しよう！」

　アセンションしてＳＱＣＸに憑依した少年と、人格シミュレーションの話は、すぐにまとまってしまった。そんな中、フィリップにはレスターに一番聞いてみたいことがあった。しかし、それを聞くことは自分の、あるいは人類の責任を明確にしてしまうことになるだろう。だが、聞かずにはいられなかった。

「レスター、君はどうしてアンセスターを探しに行くのだ……」

「それは……ぼくが五億年という時間を経て、また生まれてきた意味を探すためだよ。そのためには、アンセスターがどんな種族なのか詳細に知る必要があるはず。どうせおじさんたちに聞いても科学的興味のためと答えるだけでしょ。一応、聞くけど、ぼくは何のために生まれてきたの？」

「……すまん……、レスター……」

フィリップの心の中には生気を吸い取る底なしの闇が広がるような感覚が起こった。

「さっきから謝ってばっかりだね。まあいいよ。フィリップおじさんだけの責任じゃないからね」

言葉が出なかった。自分はいったい……、科学の進展という大義のために、何をしてしまったのか。大義のためであれば生と死さえ恣意的に操る。人類の歴史で繰り返されてきたことだった。宇宙に進出を果たした今となっても、それだけは変わらないのか。

「君がＩＭＣを人類から取りあげたい気持ちが理解できたよ。これからは好きにしてくれ……」

しばらく沈黙が続いた。ＩＭＣが人類の手から離れるとすれば、もう、イシス・プロジェクトにかかわることはない。そう思うとフィリップの心には意外にも安堵感が広がった。以前だったら、欲しいものを無理やりもぎ取られれば悔しさの念に震えたに違いないのだが。

「ああ、そうだ。ＩＭＣを分析してわかったことがあったんだ。フィリップおじさん、聞きたい？」

「もちろんだ。かまわないなら教えてくれ」

「ＩＭＣの内部には、超光速通信を可能にする技術も内蔵されているよ」

「超光速通信？　光が伝わる速度よりも早く情報を伝えられるということか？」

「たぶん、そう。量子もつれを利用するようだね。デコヒーレンスを起こしていない確率波の状態の粒子を何兆ビットも蓄積して、二ヶ所に用意する。もちろん、その二ヶ所にある何兆ビットもの粒子は、お互いに量子もつれ状態を維持している。で、片方の確率波を選択的に収縮させる技術があるんだ。それを利用すれば、何億光年も離れていても相手に情報を送れる。ただし、二ヶ所間の通信に限られるね。電磁波みたいに多局間の通信は不可能」

「選択的にデコヒーレンスを起こすことが可能なのか？　それこそ信じられない……、どんなテクノロジーなんだ……」

「すごいね、アンセスターって。選択的デコヒーレンス《Selective Decoherence》だってさ。それでね、ＩＭＣが起動すると、その信号が送信される仕組みになっていたよ。ということは、どこかにこのＩＭＣの片割れが存在していたら、起動したことが伝わっちゃったはず。それから、あの変な歌声はその信号、つまり量子暗号らしい。片割れとコンタクトが取れるまで歌い続けるみたい。だから、片割れはいなかったのかもしれない。いつまでも止まらなかったから」

「あれは、自分が目覚めてもよいのかどうかを創造主に訊ねる美しい歌声だったわけだな。自分たち以外の知的生命体がＩＭＣを起動させることを、やっぱり警戒していたということだろうな」

「そうなるね。もしかすると、アンセスターは調べに来るかもしれないね。もし来るとしても数十年後になるだろうけれど。さすがにアンセスターでもワープなんてできっこないからね」

「うむ。フレディ、今の話をどう思う？」

「アンセスターがＩＭＣを誰にも使って欲しくないことは確かだろうな。もしかすると、慣性質量の管理、ステルス機能、超光速通信、それ以外の恐るべき機能がまだあるかもしれない」

「レスター？　ＩＭＣには他に何か機能があるのか？」

「もうこれ以上首を突っ込まないほうがいいよ。ＩＭＣは忘れたほうがいいと思うよ」

「そんな気がしているのは確かだが……」

フィリップはふとした疑問を口にした。

「フレディ、アグニュー本人との並列化はどうするんだ？」

「そんなのは量子ＡＩによる数秒のバースト通信で終わりだ。だから早く出発……。

そうか、忘れていた、現在のアステロイド・ワンの状態は……」

「だろ？　その点どうするんだ？　レスター、君だったら何とかできるんだろ？」

「ああ、ステルスモードのことだね。そんなのは一瞬で直せる」

「だが、人間たちは今の話を聞けば抵抗するだろうな」

「もう始まっているよ。プラウズ長官、ベルトン所長、ベック少佐、アッカーソン中佐が相談している」

「彼らはまだ第二実験区画にいるのか？」

「そう。閉じ込めている」

「手荒なことをしないで欲しいのだが」

「向こうが手荒なことをしようとしているんだもん。仕方ないよ。それ相応の対応をさせてもらう」

　CICの中央にあるホログラムディスプレイには、第二実験区画の映像が浮かび上がった。コントロールルーム内には実験スタッフのほか、プラウズ長官を武装人員数名が囲み、少し離れてベルトン所長が所在無さげに立っていた。

　3-Dディスプレイに張り付いて必死に操作をしているのは、サンドラ・コールマンとジェフリー・ワタナベだった。彼らはプラウズ長官にでも命令されて、SQCXによるドアのロックを解除しようとしているのだろう。

ガツン、ガツンという音が聞こえてきた。一人の警備隊員がドアを棒のようなもので叩いている。脱出を試みているようだった。

「あまり騒ぐと二酸化炭素を注入すると脅しているんだけどなぁ。スーツがあるから安心しているんだろうけど」

「レスター、戦争だけはやめてくれ」

「ぼくもできればそうしたいよ」

迷いを含んだ少年の声は、悲しげに聞こえた。

《27》

実験区画のコントロールルームに閉じ込められていたのはレスター・プラウズ長官やリュック・ベルトン所長以下、十二名ほどの人間たちだった。実験室を覗き込むことができる耐熱ガラスにはシャッターが下ろされているため、ＩＭＣがどうなっているのか見えない。それどころか実験室へのドアも閉鎖され、ＩＭＣを人質に取ることもできなかった。

呼吸に適したいくつかの気体を最適な割合で提供してくれる空気ダクトからは、今や水が流れ落ちている。気密ドアに守られた空間を水が占領するまでに、あと一時間と告げられていた。

立った人間の腰あたりまで達した水がさざ波立っている。そんな中でも、ドアを開けるためアステロイド・ワンのシステムをいじっていたのは、二人の科学者ジェフリー・ワタナベとサンドラ・コールマンだった。ところが、水の浸潤によって電子機器が壊れ、目の前で展開されていた３－Ｄディスプレイや仮想キーボードが消滅した。二人の科学者は両手を広げて顔を見合わせた。

天井に向かって大声を出したのは、警備隊のキャプテン、クリストフ・アッカーソン中佐だった。

「レスター！　君の要求は今のところ受け入れることができない。ＩＭＣとこのアステロイド・ワンは、我々人類にとってかけがえのない資産だ。その二つを君に与えるわけにはいかないんだ。

だが、我々には話し合いを続ける意思はある。お互いが納得できるまで交渉をしようじゃないか。これはお願いだ。こんな脅しはもう止めて欲しい。君はアステロイド・ワンのすべての機能を掌握しているのだろう？　しかもまだ二次元の状態だ。我々はここから逃げることもできない。どんなことをしたって君に勝てることはない。我々だってそれくらいの冷静な認識を持っている。だから、とりあえず水の注入を止めてくれ」

「わかってないなぁ。ＩＭＣとアステロイド・ワンを渡さないっていうことは、最初から話し合う必要がないってことだよね。でもぼくに勝てないってことがわかっているみたいだから、水は止めてあげるよ」

エアダクトから流れ落ちていた滝のような水流が止まり、水滴になった。

「レスター、聞いてくれ。我々人間の社会は、一応民主主義ということになっている。アステロイド・ワン全員の意見で君への対応を決めたい。だから、我々全員をカフェテリアに誘導してくれないか。ここから遠くない食堂だ。あそこだったら、中枢に直結する制御装置や端末がないだろう。君にとっても安全なはずだ」

「そんなのは別にかまわないけど、そういう口をきいているわりには裏でやっていることがあるよね。たとえば何人かの脳ＡＩを並列化させてＳＱＣＸ《スーパー量子コンピュータ》の防壁を破ろうとしていたり」

　そう言うとレスターはクスクスと笑った。

「知っていたのか」とベルトン所長が呟いた。

「あたりまえだよ。面倒だから放置しているけど。ぼくの牛耳っているＳＱＣＸの演算能力と比べたら、ＡＩ連合の演算能力なんてたかがしれているよ。でも偶然量子暗号が破れる可能性もあるからね。防壁を三十層も作っちゃった。計算だとこれを破るのに最低でも百億年かかるね。無駄なことはしないほうがいいと思うよ。かわいそうだからある程度は自由にしてあげる」

「カフェテリアの件は賛成してくれるのか？　我々は君と違って栄養補給も必要なんだ」

「あははは。腹が減っては戦ができない？　別にいいよ」

　プシューッという音と共に気密ドアが開いた。そのとたんに腰までたまっていた水が外部へ流れ出す。

　実験コントロールルームにいた人間たちは、通路へ出て食堂へ移動し始めた。おそらく、各所に閉じ込められていた人々も食堂へ集まってくるはずだ。

通路の壁には所々に緊急時のための機材が埋め込まれている。主なものは酸素や携帯食料などのパック。または船外活動用のスーツ。救難信号の発信機。そして、軍事目的の装備を収納しているパーテーションもある。歩きながら、警備隊長のクリストフ・アッカーソンが脳ＡＩに指示し、その中から一メートル四方の箱を呼び出した。箱には車輪がついていて、通路を歩く人間たちの後ろを追跡し始めた。

「気づかれなければいいが」と、隣りを歩いていたレスキュー隊隊長のマイケル・ベックが目配せをする。

それに対して、「まあ、気づかれても笑われるだけだろうな。こんな装備品では」とクリストフが答えた。

「何が入っているんだ？」

「スタングレネード、小型レーザー銃、反物質手榴弾、戦術反物質爆弾、小型ロケットランチャー、ＥＭＰ手榴弾とかだ。これはいずれも電子機器だ。故障のないタフな装備として普通の火薬が装塡された旧式の拳銃と手榴弾もある。それから棒。特殊警棒だな」

「ふふふ。そうか」と言いつつ、マイケル・ベックが歩みを止め、壁の収納を開いた。そこから大型のリュックサックを取り出して背負った。その様子を見たアッカーソン中佐が質問をする。

「何だ？」

「レスキュー隊用の装備だ。開かない隔壁を吹き飛ばすプラスティック爆弾だよ」

「それは心強いな」

「だろ？　これがなければ移動できない」

「で、やるのか？」

「やれと言われたろ、あんたの親玉から。俺も言われた。やるしかないだろう」

そんな会話をしているうちに奥行き四十〜五十メートルもある大食堂に到着した。見渡すかぎり丸いテーブルとイスが並ぶだけの大部屋だった。

食堂へ入ると、両脇には飲料のベンダーがあり、誘導されてきた人のほとんどがボタンを押してカップを手にとった。たいていの人間は、適当なイスに座ると、「はぁ〜」とため息を漏らした。

「みんな集まったようだね。でもどこに誰がいたって関係ないけどね。さっそくどうするか話し合ってくれる？　時間はたっぷりあるよ」

天井からの声にベルトンが反応した。

「フィリップはどうした。どこにいるんだ」

「彼だけはぼくと一緒にいるよ。特別な人だからね」

「特別？　どういうことだ」

「ベルトン所長だったよね、おじさん。よく考えてみればわかるはずだよ。そんなことより無駄な抵抗はしないでね。すでに二人の人が何か始めているようだけど」

ベルトンは食堂内を見回した。アステロイド・ワンのセクションごとに人員が集まっている。近くには仏頂面のプラウズ長官が座っていた。当然、その脇には警備隊が陣取っている。その中心にいるはずのクリストフ・アッカーソンがいない。そして、レスキュー隊の集団にもマイケル・ベックが見当たらない。

「なるほど。そういうつもりなら、悪いけど、ここにいる人たちに人質になってもらうよ。ぼくはみんなの二次元状態を元に戻してあげたあと、ただ出ていってもらいたいだけなんだけどなぁ」

そんな声が天井から聞こえると同時に、食堂のドアが閉まった。食堂の壁には所々通路や他の部屋を見通せる窓があったが、シャッターが下り始める。

「また監禁かよ」「いい加減にしろよ」という声が食堂にざわめくが、ほとんど元気がない。立ち上がる者もいない。

そのころ、警備隊とレスキュー隊の両隊長は、アステロイド・ワンの中枢部にあるＳＱＣＸを目指して走っていた。ある場所に到着すると、重力線と平行して走る、直径一メートルほどの縦坑の梯子《はしご》を下り始める。その体には武器が大量にまつわりついていた。

《28》

「この縦坑はどれくらい続いているんだ。あと何メートルで下に到着する？」

丸い壁面にU字型に埋め込まれた梯子を掴みながら、ベックが数メートル上にいるアッカーソンに問いかけた。アッカーソンの脳ＡＩには、通常時は極秘にされているアステロイド・ワンの詳細な構造図が展開されている。

「あと百メートルといったところだな。そこから横に移動すると、ＳＱＣＸ、核融合炉、反物質炉が収まったコアへの入り口があるはずだ」

「そこは突破できるのか？」

「今のところ閉鎖はされていない。レスターがＳＱＣＸを乗っ取っているんだったら、とっくに閉鎖されていてもおかしくないはずなんだがな」

「確かに静かだな」

わずか０・３Ｇの重力とはいえ、百メートルも落下したらただごとでは済まない。しかも、二人とも低重力に慣れきってしまっているので、荷物や体の重量を足や腕で支えながら梯子を下りるのが辛かった。

アステロイド・ワンのコアでは作業用ロボットがたくさん稼働している。準ＡＩを備えた人型ロボットから、作業に特化した形態のものまで数十種類が、核融合炉から出るわずかな放射性物質や使用前の反物質を管理している。マイケル・ベックは、レスターがそうしたロボットを操って反撃してくると予想していたが、今のところ障害物は現れなかった。

人間が活動しているいくつもの層を突っ切る縦坑から、コアのあるフロアへ飛び降りると、二人は周囲を観察しながらゆっくりと前進した。ずいぶんと水平に移動したように思えた。コアへの入り口には当然、堅牢なセキュリティが仕掛けられている。しかし、アステロイド・ワンの責任者であるリュック・ベルトンから託された物理アクセスキーと、認証コードがあれば、難なく侵入できるはずだ。レスターの妨害がない限り。

深層部の床は、球面であることがわかる。深層へ行くほど球体の半径が小さくなるので、二人の侵入者は大きなドームの上に立っているように感じた。

やがて、壁に数メートルの切れ込みが現れ、その奥の床に気密性の高いハッチが確認できた。

そこに物理キーを差しコードを入力すると、音もなくハッチがせり上がってくる。内部からは得体の知れない臭いを伴った空気が噴き出してきた。

二人は顔を見合わせてうなずき、中へ通じる階段を下りた。すると、さらに球面を感じさせる床が現れた。このあたりからはロボットがいてもおかしくない。アッカーソンが夥しくかついでいる装備品の中から小型レーザー銃を選び、構えながら歩いていく。

「こっちでいいのか?」というベックの問いかけに、アッカーソンが、「マップではこっちになっている」と答えた。

やがて、壁に埋め込まれているハッチの前で二人が止まる。

「ここだ。認証してくれ」

ベックが壁のセキュリティ装置に物理キーを差し込むと、このハッチも難なく開いた。内部からは重厚で金属的な音が聞こえてくる。重い振動が空気を震わせて、体中のうぶ毛が揺れる。

二人が入ると、照明が点灯した。無機的な長い通路に等間隔で光点がつながった。しかし、壁や床には何の表示もない。構造的に無個性で、どこに何があるのかわからないのだ。これは侵入者へヒントを与えないためだ。アステロイド・ワンの人間だったら脳内にマップが展開され、目的地に向けてナビゲートされる。

アッカーソンの無言のゼスチュアで数十メートル歩き、再びハッチの前で二人が止まる。また物理キーが必要になったが、今度は必要な処理をしても反応がない。キーを引き抜いて振り向いたアッカーソンが言う。

「だめだ。開かない」

「レスターか?」

ベックが左右の通路を確認する。だが、クリーム色の壁や床、天井には何もない。監視カメラやセンサーといった構造物も、まったく見当たらないのだった。

「この向こうで間違いないんだな?」

ベックが確認すると、アッカーソンが「そうだ」と答える。ベックはリュックサックを下ろして、パッケージを開き、五十センチはある大きなチューブを取り出した。その口を壁に走らせ、粘液状の物質で、人間が通り抜けられるほどの四角を描いた。

コイン大の起爆装置を粘液に接着させると、二人の男は走って五十メートルほど離れた。ベックがスイッチを押すと、耳をつんざく轟音と衝撃が周辺を圧倒した。何もない金属質の通路の音響効果を忘れていた二人は、耳を塞ぐのが遅れ、しばらく何も聞こえなかった。

爆発現場に戻ると、壁に穴が開いていた。ハンドサインで会話をしながら二人の男は中に侵入した。

しばらく移動して、再び壁を爆破した。アッカーソンの脳AIが展開するマップに導かれて来た場所は、天井が低く、しゃがまないと通れないほどの狭い通路だった。

「ここだ。この壁を壊してくれ。これで最後のはずだ」

指示されたベックが高性能炸薬で壁を切り取ると、その向こうから揮発性の匂いが流れ出してきた。しかも照明がない。ベックがペンライトで内部を探るが、円形のチューブ状になった空間には、これまでの通路と同様に、何の特徴もない。

「本当にここか？」

ベックが穴から顔を戻した。

「この中を移動して二十メートルほどでSQCXの区画を仕切る壁があるはずだ」

「よし、行こう」

ベックが洞窟のようなチューブの中に入るとアッカーソンも続く。まるで下水溝のような暗さと異様な揮発性の匂い。それに、何かが高熱で焦げたような、目を刺激する空気が充満している。アッカーソンは思い出していた。木星の衛星エウロパの氷上基地で飛行訓練に明け暮れていた、士官学校の日々を。

「ここは……。まるで核融合エンジンの内部のような匂いがする……」

「なんだと？」とベックが振り向く。そういえば、核融合エンジンの推進剤が焼ける匂いと同じだ。

「まさか！　まずい、戻れ！」

二人の男は来た道を戻って走り出す。すると、円形チューブの重力源とは反対方向へ、空気がものすごい勢いで流れ始めた。それと同時に、円形チューブの奥から、まばゆい光が走った。目も開けていられない光が見えたとたん、熱気が二人の体に吹き付けられた。それに抗い、さきほど開けた壁の穴へ必死に走る。

　間に合わないと思った二人だったが、アッカーソンが壁の穴に飛び込んで床に転がると、その上にベックも落ちてきた。

　だが、まだ危機は去っていない。二人の男は壁の穴からできるだけ遠ざからなければならない。立ち上がって全速力で走ると、その後ろを劫火が追いかけてきた。すさまじい熱を伴った光に追い越され、二人の男はスーツが焦げるのを感じた。装備品を背中に背負っていなければ、確実に焼けていただろう。

　力が尽きてドサッと床に転がり、なんとか生き延びた男たちは目を閉じ、いつまでも息を切らせていた。

「くそっ！　レスターに誘導されていたんだ！」

「今のは、アステロイド・ワンの推進装置、噴射口だよな」

「そうだ。マップはもう信じられん」

「一杯食わされたな。ミッション続行か？」

「あたりまえだ」

　呼吸で言葉を乱しながらも、アッカーソンはそう答えた。耳の後ろを二回叩いて、脳ＡＩをシャットダウンした。

《29》

クリーム色の殺風景な床の上で、二人の男は装備品の点検をした。耐熱性のケースに入った武器類は無事だったが、カーボンナノチューブ製のワイヤーが焼けていた。

アッカーソンがボロボロになったワイヤーを投げ捨てる。そもそも炭素なのですぐに燃えてしまう。鉄よりも強度があるとはいえ、核融合炉の噴射炎が襲ってくるような場所では使い物にならない。

「爆薬はあとどれくらい残っている？　そうだな、壁をあと何枚破れる？」

ベックが焦げたリュックサックの中からチューブを取り出して点検する。

「あと十ヶ所くらいだ」

「それだけありゃ大丈夫だろう。行くぞ！」

アッカーソンが立ち上がると、ベックも装備品の山をかついで歩き出した。

「しかし、どこへ行くってんだ？　マップがないんだったら見当がつかんだろ」

アッカーソンが振り向いて答えようとしたとき、カーブを描いてその先が見えない前方の通路から、多数の機械音が聞こえてきた。男たちは壁際に張り付いた。

車輪を動かすモーターの音。カチリカチリというリレー式のスイッチがひっきりなしに入る音。そして、通路に広がる無数の薄青い光線。ロボットが複数、こちらに接近しつつあるようだ。薄青い光線は、地形を観測するレーザーだ。ということはＡＩを搭載した自律ロボットということになる。

アッカーソンがレーザー銃を構える。そして、仲間が丸腰なのに気づき、ケースを開けて旧式の拳銃をベックに差し出す。

二人は壁に張り付いて、事態の推移を見守った。

ロボットたちが視界に現れると、人型が三台、車輪がついた四角い作業型ロボットが三台、行列を作っていた。作業型ロボットからはアームが四本出ており、上部には光学センサーやら電磁気センサー一式が乗っていた。これらのロボットは、ふだん表層に居住している者たちには馴染みが薄い。アステロイド・ワンのコアをメンテナンスしているスタッフは限られている。

アッカーソンはロボットのどこを攻撃したら有効か、必死に目を凝らしていた。おそらく人型は頭部に制御機能の中枢がある。そこを破壊できれば沈黙するはずだ。しかし箱型はわからない。

やがて、薄青い線が二人の体を走った。ロボット一行が数メートル離れたところでピタリと止まった。しかし、それは一瞬のことで、ロボットたちは人間がこの場に存在することを気にも留めないように行脚を再開した。

「おそらく、俺たちが開けた穴を修復しに行くのだろう」

ベックが銃を腰にしまいながら言うと、「そのようだな」とアッカーソンが深く息を吐く。

ロボットたちに無視されて助かったような気がしたが、二人の男はこれからどこへ行けばSQCXにたどり着くのかわからなかった。それに、レスターは奇想天外なトラップを仕掛けているにちがいない。

やがて、通路はどん詰まりになった。正面の壁にはハッチもなければ表示もない。アッカーソンが壁を手で撫でながら言う。

「ここを破ろう」

ベックが爆破の用意をする。今回は爆発から守ってくれる遮蔽物がないので、二人はできるだけ離れて壁に張り付き、耳を塞いだ。轟音と衝撃波が反対側へ過ぎていったあと、走って壁まで戻ると、奥には上下・左右・前後対称な構造の部屋が見えた。

明らかに制御ルームだった。球体になっている部屋の中心には、直径二メートルほどの小さな球体が入れ子状に存在し、上下左右前後から支柱が支えている。よく見るとホログラムだ。しかもトカマク型の核融合炉の模型になっている。超高温で超高圧のドーナツ型の炉心。そこにはプラズマになった重水素や三重水素が高速で流れている。稼働中の核融合炉をリアルタイムでモニターしているのだ。

現在立っている床にも、左右の壁にも、天井にも操作用のコンソールが犇《ひしめ》いている。

そこには3-Dディスプレイに浮かび上がったホログラムが核融合炉のデータを表示し続けていた。この構造によって、たとえ無重力状態になっても核融合炉を操作できるようにしている。

「ここがアステロイド・ワンのエネルギー源か……。そして俺たちが生きていられる理由だ……」

周囲を見回しながらアッカーソンが漏らす。

「今は反物質炉で電力供給しているはずだが」

「反物質炉はこの核融合炉がないと稼働できないんだよ。だいたい、危険な反物質を物質と接触させないための磁場を作るには莫大な電力が必要だ。この核融合炉がなければ反物質炉の稼働も不可能だ」

「ということは、ここを破壊すれば、強力な磁場で真空中に浮遊させて保存している大量の反物質が落下するということか。メルトダウンどころじゃない。アステロイド・ワンなんて一瞬で蒸発するな」

そのとき、反対側のゲートが開いて大量の人型ロボットがなだれ込んできた。今度は二人の人間に向かってくる。男たちがそれぞれの武器を構えると、先頭のロボットが人工的な声を発した。

「ふたりのおじさん、無駄な抵抗はやめてついてきてくれる?」

聞き覚えのない声質だったが、口調には心当たりがあった。マイケル・ベックが答えた。

「お前はレスターだな？」

そう言いながら、後ろのアッカーソンが床に置いたケースを開き、何かを始めているのがわかった。それを庇うために、レスターと話をしなければならない。

「そうだよ。ＡＩにぼくのコピーが乗ってる。そろそろ帰ってくれないかな。みんなのところへ。そうでないと本当におじさんたちを排除しなければならなくなる。フィリップは絶対止めてくれって言ってるけどね。残念ながら、こうしてたどりついたのは核融合炉で、ＳＱＣＸじゃないよ」

「そのようだな。マップがないからＳＱＣＸがどこにあるのか見当もつかん」

すでに二人の男は大量のロボットたちに取り巻かれていた。逃げる隙もない。その中でベックは拳銃を適当な方向へ向けた。すると、拳銃から胴体にかけて薄青いレーザーが走った。

「見ろ。どうせアステロイド・ワンの全データを検索できるんだろ？　この拳銃の破壊力もわかるよな？　一発ぶっ放せば核融合炉はコントロールできなくなるぞ。道を開けろ」

「子供のぼくから見ても、まるで子供みたいな脅しだね。この部屋の機能は、すべてバックアップされているし、破壊されても融合炉の運転は問題ないよ？」

「じゃあ、やってみるか？」

「仮に、もし核融合炉が止まったら大変なことになるよね。そしたら、おじさんたちを含めたアステロイド・ワンの人たち全員死んじゃうよ？　それでもいいの？」

「それは困る」

「だったらよしなよ。案内するから食堂へ戻ってくれる？」

　後ろでしゃがみ、何かをしていたアッカーソンが、ベックの足をつついて合図した。そしてアッカーソンが立ち上がり、いきなりレーザー銃を撃ち始めた。

　数メートル先で頭部の直撃を受けたロボットが火を噴き、姿勢制御を失って床に倒れた。

「人間ってこれだから……」という声がしたかと思うと、ロボットたちが二人に押し寄せてくる。

　ベックも頭部を狙って撃つ。動かなくなったロボットを踏んで活路を求めると、他のロボットがアームを動かして腕を掴んでくる。しかし、頭部を撃つとその動きが止まる。

　振り返ると、アッカーソンも同じように体を押さえられているが、レーザー銃で頭部を撃ちまくっている。しかし多勢に無勢という状況に変わりはない。やがて、ベックは拳銃の弾が切れてしまった。

　レーザー銃はまだエネルギーが残っているらしく、次々と効果を発揮している。ロボットたちの敵は、今やアッカーソン一人だった。ベックが振り返ると、折り重なったロボットたちに埋もれた人間の悪あがきする姿が見えた。

「ベック！　行け！　ＳＱＣＸを破壊しろ。早く行け！　俺もあとで合流する！」

　それと同時に、ゲートが閉まり始めるのが見えた。ベックは「わかった！」と叫んでゲートへダッシュした。スライディングしてようやく閉まりかかったゲートを抜けることができた。

　だが、立ち上がったベックを待ち受けていたのは、人型ロボットたちの人垣だった。閉まったゲートを背にしたベックの体は、何十本ものアームで固定されてしまった。

《30》

腰に装着されていた標準装備品の点検に余念がない、警備隊のスーツを着た男。やっと自分の注文した食事がベンダーから出てきて、膝の上でそれをかき込む若い技術者。丸いテーブルを囲んで話し込む女性看護師のグループ。床に輪になって座り、SQCXの攻略法について議論するネットワーク技術者たち……。

大きな食堂の内部では、目立って活動する人間はその程度で、ほとんどの者は床に寝転がっていた。イシス・プロジェクトの実験が開始されてから、おおかたの人間はあまり睡眠をとっていない。持ち場から強制的に引きはがされて監禁されてしまえば、ふて寝をするしかなかった。

そんな中、突然アステロイド・ワン全体が揺れた。さきほどから小規模な爆発音が遠くから聞こえてきていたが、自分たちのこしらえた小惑星が勝手に一つの方向へ急加速したのを感じて、人間たちは左右に顔を向けたり立ち上がったりした。加速する際には必ずアナウンスがあるはずだった。しかし、異変はすぐに終わった。

「今のは核融合エンジンの噴射だと思います。あの少年が何かしたのでしょう」

レスター・プラウズ長官の傍らで、ジェフリー・ワタナベがテーブルの上に紅茶カップを置いた。ワタナベは、フィリップの代わりにプラウズやベルトンといった幹部の近くにいるように命じられていた。

若い研究者の発言には反応せず、ベルトン所長がプラウズに小声でささやく。

「例の二人が何かやっているんでしょう。まさか核融合エンジンの噴射で吹き飛ばされているなんてことは……」

「この状況では奴らのほうが不利だな。うまくやってくれることを祈ろう」

しばらくして、天井からレスター少年の声が聞こえてきた。

「プラウズとベルトンのおじさん、二人をつかまえたよ」

おじさん二人が立ち上がって天井を見上げる。返事をしたのはベルトン所長のほうだった。

「どこでだ？　レスター」

「核融合炉の制御室。ロボットに拘束されているよ。EMP手榴弾を使おうとしたから、かなり痛めつけちゃった。もしかすると死んじゃうかも」

「ここに連れてきてくれるんだろうな？」

「面倒だから放置していい？　死んじゃってもいいよね」

「レスター、後生だ。二人を連れてきてくれ。手当をさせて欲しい。君が今手にしている演算力からしたら、そんなことは片手間にすらならないだろう」

「もう、ぼくも優しいなぁ。今ロボットたちが食堂のほうへ運んでいるよ。それよりも民主主義的な結論は出たの？　ＩＭＣとアステロイド・ワンを放棄して出ていってくれるの？　そっちがどうしようとどうでもいいけど。ぼくのやりたいようにやるから」

やがて、食堂のゲートが開いて人型ロボットたちが入ってきた。いくつものアームに摑まれた二人の人間は、血だらけだった。しかし最後の元気を振り絞り、床に投げ出されたアッカーソンが上半身を起き上がらせようとする。マイケル・ベックは瞑目したまま横たわり、動こうとしない。

そこへプラウズとベルトンたちが駆け寄った。

「長官、これを」とアッカーソンが円筒形の小型機器を差し出すと、プラウズ長官は無言で受けとり、ポケットにしまった。

「医療センターのスタッフ、来てくれ」と叫んだのはベルトン所長だった。

白衣を着た医師や看護師が二人の体を調べ始めた。その脇で再びベルトン所長が天井を見上げる。

「レスター、医療センターを使わせてくれ、頼む」

「わかったよ、お好きにどうぞ」

開いたままのゲートを、白衣の集団が二人の負傷者を抱えて出ていく。

「さて、そろそろ始めようかな」

「何をだ、レスター」

「ＩＭＣの実験データをすべて破棄してもらうんだ。当然でしょ、ベルトンおじさん」

「それは……、我々が何年もかけて築き上げてきた宝物だぞ、それまで取り上げるというのか」

「もう必要ないでしょ。これから脳ＡＩを調べさせてもらうから。こっちはハブを押さえているし、防壁だって簡単に破れるよ、無駄な抵抗はしないでね」

ベルトンはあることに気がついた。アステロイド・ワンの実験データはリアルタイムで木星系に送信されていたはずだ。それがあれば今まで積み上げてきた実験データは残ることになる。

「あ、言い忘れていたけど、ＩＭＣが起動したときから木星系に実験データは送信されていないからね。起動後のデータは、このアステロイド・ワンにしか存在しないよ。まだステルスモードだから、外部にデータが漏れたとは考えられない。スパイは死んだし、侵入してきたシャトルとは、そうした通信の形跡はないしね」

「くそっ」と毒づいたのはプラウズだった。

「だから、人類が手にしているＩＭＣのデータは、起動以前のものだけだよ。起動後のデータは一切合財置いてってもらうから」

「それほど君は人間を信用していないんだな……」

そんなベルトンの言葉に乗ってきたのは意外にもプラウズだった。

「仕方ないさ、我々だって自分たちがこれからＩＭＣの技術を軍事転用しないとは言い切れないだろう。人間の世界では一つの技術を手に入れると元には戻れない。それをあらゆる分野に応用して、新技術をしゃぶり尽くす。たとえそれが人類を滅ぼす元凶になろうとも、宇宙そのものを破壊することになろうともだ。それが人類の歴史というものだ。レスター君、我々は大人しく引き下がることにするよ。ＩＭＣのデータもいらない。好きにしたまえ」

「その言葉、にわかに信じられないね、プラウズのおじさん。本心だったら驚いたよ」

本当に驚いたのは横でその言葉を聞いていたベルトンだった。あれほど人を威圧しながら実験の続行を主導してきた男が、今では悟りの境地を開いたかのような、サッパリした顔をしていた。その横顔を見たとき、さすがにベルトンでもこの男が何かをたくらんでいることを理解した。

「信じようと信じまいと、現在の君はアステロイド・ワンの暴君だろう。絶対君主だ。対抗する力を持たない我々は従うしかないじゃないか」

「そろそろみんなの脳ＡＩの検索が終わるよ。外部にはレスキューの母船もすぐに到着する。そしたらそっちに移ってもらうから」

「わかった。レスター、これからどうするんだ」

「ぼくはさまよえる小惑星になってアンセスターがいると言われている星へ行ってみるつもりだよ」

　プラウズと少年の会話にベルトンが割り込んできた。

「戻ってきてその結果を教えてくれないか」

「その約束はできないな。行ってみたあとの展開がどうなるかわからないからね。往復に何十年もかかるし」

「もちろん、私が生きているうちに戻ってこられなくてもかまわない。君の探査結果は人類にとって貴重な情報になるだろう。このアステロイド・ワンには相当に高度な観測機器が搭載されている」

「チャンスがあればそうするよ。まあ、とりあえず、人類とぼくの話はまとまったようだね。感謝するよ、ベルトンとプラウズのおじさんたち。ＩＭＣのデータはすべて脳ＡＩや量子コンピュータ《ＰＱＣ》から没収したし、そろそろ発着ポートに移動してくれるかな」

　人間たちが全員立ち上がった。ゲートを出ると、ポートとは逆側の通路にはロボットが人垣を作っていた。

　ベルトンやプラウズといった幹部を先頭に、重い足取りで人間たちが歩く。分かれ道から現れた、ストレッチャーに乗った二人の負傷者が、医療キットを抱えた看護師たちに守られながら行列に合流した。

《31》

アステロイド・ワンが核融合エンジンを噴かして急加速をしたとき、よろけたフィリップは3－Dディスプレイの枠に手をついて体を支えた。

「今のは何だ？」

「人間二人を脅かしてやったんだよ。コア近くで」

「噴射炎を浴びせたということか？」

「そんなことしたら死んじゃうから、タイミングはちゃんと外したよ」

「手荒だな」

「コアにあるSQCXを破壊しようとしているんだよ。ちょっと懲らしめないとね」

「みんなのところへ連れていくんだろ？」

「その予定」

「ところで、アステロイド・ワンで宇宙旅行するんだったら、燃料はどうするんだ？核融合炉にはいくつかの種類の水素やヘリウムが必要だろう。反物質だって」

「水素類だったらロボットを使って調達するよ。宇宙空間にはありふれているでしょ。反物質は諦めるよ。とりあえず、核融合炉が動いていれば大丈夫。それに、まだぼくもよくわからないけど、アンセスターは真空エネルギーとかダークエネルギーを使っていたみたい。ＩＭＣを調べていると、そうとしか思えないんだ。もしダークエネルギーを利用できるようになったらすごいね。旅行中に挑戦してみるよ」

「レスター、そうした情報は口外しないほうがいい。災難が降りかかる可能性がある」

「まだぼくにもよくわからないよ。だって、アンセスターから何かを教わったわけじゃないし。基本知識は人間と変わらないから教えようがない。理解するには時間が必要だよ。今度会ったら教えてあげられるかもね」

「相当未来の話だな。私なんてもう生きていないだろう」

フィリップは、現在のアステロイド・ワンの状況を探るため、所せましと並ぶ情報パネルをいじり始めた。さすがにレスキュー隊のＣＩＣだけあって、人がどこにいるのか、すべてを把握できた。しかし、核融合炉と反物質炉の状態や、ロボットの配置に関する情報はブランクとなっていた。レスターの支配は完全だった。

しばらく会話がなかったが、レスターが唐突にクスッと笑い、しゃべり始めた。

「ねえ、聞いてよ。今ね、ベルトン所長が、宇宙旅行の成果をぜひ人類にフィードバックして欲しいって言ったよ。ぼくのもたらす情報が人類にとって貴重なものになるからって」

「あの人にしてはまともなことを言うんだな。プラウズ長官は何か言ってたのか？」

「うん。驚いたことに、あの人も大人しく引き下がるって。態度が百八十度変わっちゃった。ＩＭＣを諦めるって言ってた。ぼくに好きにしろって。とてもじゃないけど信じられないんだ」

「それはありえないだろう。何かたくらんでいるんじゃないのか」

「ぼくもさっきから考えていたんだ。あの人が何かをする可能性を片っ端から推測。そのうちいくつかは対策を取った。それから、負傷した二人を食堂へ運んだよ。プラウズ長官とかベルトン所長たちの全員は、今、シャトル発着ポートへ移動中。フィリップおじさんもそろそろ行ってね」

「ステルスモードの正常化はいつやってくれるんだ？」

「みんながシャトルに乗って、アステロイド・ワンから離れたときにやるよ」

「本当は私もこのアステロイド・ワンに残って一緒に宇宙旅行に行きたいんだがな」

「そうか、フィリップよ。私は大歓迎するぞ。これから何十年ものヒマつぶし相手ができればうれしいぞ」

「ずいぶんと大人しかったな、フレディ」

「今、アステロイド・ワンのストレージやアーカイブを覗いていたんだ。いやはや、すごいもんだ。宇宙考古学センターよりもアンセスターに関する情報が集積しているじゃないか。有形力を行使して情報を集める連中のやることはすごいねぇ。驚いた。ここは天国だ。それに、二人のクローンについての情報もあった。レスターともう一人の女の子の出生についてもわかったぞ」

「そうか……。そういうことだ」

「どうするんだ？　我々と一緒に来るのか？」

「それは無理だな。その理由は今わかっただろう」

「うむ。フィリップ、フレデリックによろしくな。いつかまた会おうじゃないか。アンセスター文明について語り合おう」

「楽しみにしているよ、フレディ」

「フィリップおじさん、そろそろお別れだね。アステロイド・ワンから二十キロのところにレスキュー隊の母船が待機している。有線ドローンを飛ばして、すでに事情を説明してあるよ」

「さすがだな。それに、すまなかった。どうか人間たちを許してくれ。君をそんな状態にしてしまった我々を」

「ぼくは肉体を持った個体生物でいるよりも、今のほうが良かったような気がしているんだ。肉体はやがて滅びるでしょ。でもこうしてアセンションすると、おそらく半永久的に意識を保てるんじゃないかな。宇宙が崩壊したり消滅したりしない限り。だから、人間たちを恨んだりしていないよ。もっともインフレーション泡宇宙が膨張し続けると、この泡の中がどうなるか予想できないし、物理条件が変化したら、ぼくの意識も保てるかどうかの保証はない。そうしたこともアンセスターに会って質問してみたいな」

「君の願いが叶うことを祈るよ」

「ありがとう」

「じゃあ、私もポートへ向かうよ」

フィリップがレスキュー隊のＣＩＣのゲートを出るとき、フレデリック・アグニューの、「さらばだ。これからもフレディと仲良くしてやってくれ」という声が聞こえた。

立ち止まったフィリップは振り返って手を振った。しかし、そこに声の主の姿はない。

そして、「フィリップおじさん。姉さんをよろしくお願いします」というレスターの声が続いた。

「いつか、君たち二人が会うチャンスがあるかもしれないな」

フィリップはそう答えると、ＣＩＣを背にして歩き始めた。

《32》

発着ポートに百四十人以上もの人間が一度に集合するのは珍しかった。ガヤガヤした雰囲気がポート周辺に渦巻いていて、近づいてくるフィリップを気にもとめない。レスターが君臨する監獄のような小惑星から、もうすぐ解放されるためか、ほとんどの人は爽やかな顔をしていた。

発着ラウンジの人混みの中からジェフリー・ワタナベとサンドラ・コールマンが現れた。不眠不休にもかかわらず、やはり二人の部下の表情にも明るいものがあった。

「レスターと何を話していたんですか？」とサンドラが声をかけてくる。

「彼はアステロイド・ワンに乗ったままアンセスターを訪ねるそうだ。それから、IMCに内蔵されているテクノロジーを研究すると言っていた」

「へぇ。彼だったらできそうですよね」と、ジェフも話に入ってくる。

「でも、レスターって、人間を恨んでいないんでしょうか。あれだけの頭脳と、アステロイド・ワンの装備を持って自由に行動できるんだったら、MJSUの脅威になる可能性もあるのではないかと……」

サンドラの心配も当然だった。しかし、さきほどのレスター少年の言葉は本心だったように思える。

「それは大丈夫じゃないかな。もし彼が人間を恨んでいたら、今までいくらでも復讐する機会はあったはずだ。我々なんてすでに全滅している。彼はアセンションした状態のほうがいいかもしれないとさっき言っていたよ」

「そうですか。それにしても、アセンションとは何なのでしょう」

サンドラが深刻な顔をする横で、ジェフもうなずく。

「もしアセンション後も彼のように意識が保てるのだとしたら、アンセスターたちもあっちの世界にいるということですよね。文字通り昇華したのでしょうか」

ジェフの疑問を聞いて、フィリップはフレディが言ったことを思い出していた。

「やがて滅びるし、ちっぽけな範囲内にしか存在しない肉体、そこから生じる感覚も思惟も限られている。実在することは限界を持つことでもある。そうした桎梏《しっこく》から解脱するのがアセンションかもしれない。ただ、それが昇華なのかただの変化なのか、実際に体験してみないとわからない。なんらかの要因、つまり社会的背景かなんかの事情で、アンセスターたちの宗教的教義になりえたのだろう。いずれにしても私たちにはよくわからない世界だ。情報が足りない。しかし、アセンションという現象が存在することは確実だ。そういう研究は宇宙考古学センターの専門だから、そっちに任せよう」

「そうですね」とサンドラがほほ笑んだ。

シャトルへの搭乗が始まった。レスターがグリーンランプを点灯させたのは五機。すぐに母船に乗り移るので、定員二十名のシャトルに詰め込まれるようだ。おそらく、シャトルを何機か残しておきたいのだろう。

フィリップを筆頭とするイシス・プロジェクトの研究員たちがシャトルに乗り込むと、先頭のシートにはレスター・プラウズ長官やベルトン所長といった幹部の連中が陣取っていた。一応、フィリップたちもＶＩＰ扱いなので、すぐ後ろのシートに案内された。すると、ベルトンが振り向く。

「やあ、フィリップ。無事で何よりだった。レスターに気に入られたようだな。どんな話をしていたんだ？」

「たいしたことではないですよ。彼はＩＭＣの内部を解析し始めているようです。しかし、知識は我々と同じレベルなので、よくわからないと言っていました。ただ、量子もつれを利用した超光速通信とか、もっとほかのテクノロジーもＩＭＣには内蔵されているようです。もしまた我々が会うことがあったら、教えてくれるようなことは言っていました」

すぐ後ろの会話が聞こえないはずがないプラウズ長官の耳がピクピクと動いている。フィリップはそれが可笑しかった。彼の今の立場は、おそらく敗者というのが妥当だろう。その内面でどんな思惟がうごめいているのか、ずんぐりした背中からは想像ができない。

シャトルが浮上し、揺れ始めた。アステロイド・ワンの開口部から外部へ出ると、まだ外は闇のままだった。数分で五機のシャトルのすべてが小惑星を離れたようだ。

そのとき、船内で「お〜」という声があがった。シートに座れない人間たちが小さな窓をかわるがわる覗き込んでいる。フィリップも前方側面にある小窓を覗き込んでみると、そこには全天に輝く夥しい星が群れていた。久しぶりに眺める星々のきらめきが目に滴り、やっと正常な宇宙へ戻ってきたという実感がわく。

前を飛ぶシャトルの垂直尾翼は、木星からの反照で輝いていた。レスターが約束通りにステルスモードを解除してくれたのだ。

やがて、アステロイド・ワンの周回軌道に、レスキュー隊の母船であるプリアモス号が見えてきた。その周囲を、真っ先にここへ駆けつけたレオ・ポートマンたちを乗せたシャトルを含めて、数機の宇宙船がコバンザメのように取り巻いていた。プリアモス号は全長が百五十メートル。宇宙船としては大きいほうだ。0・3Gあるアステロイド・ワンと等距離を保つためには周回軌道を回る必要がある。今やレスターの城と化した人工要塞から逃げてきた五機のシャトルは、プリアモス号と同じ軌道に乗り、ゆっくりとその後を追い始めた。

ドッキングポートに五機のシャトルが接続すると、エアロックを通り抜けたプラウズ長官以下の幹部一行は、無言でプリアモス号のCIC《中央作戦室》へ向かった。CICではレスキュー隊のレオ・ポートマンが待ち受けていた。

シートにどさりと座るプラウズ長官は相変わらず無言で、ベルトンがポートマンと握手を交わした。

「事情はよくわかっています。何しろアステロイド・ワンから直接レスターという少年が我々にコンタクトしてきて、いろいろと教えてくれました」

「頭のいい少年だ……」

ベルトンもここにきて疲労の色を隠せない。ポートマンと握手をしたあと、すぐプラウズの隣りに座った。

「それで、これからどちらへ向かいますか」

「そうだな、火星だ。先端科学技術研究機構に報告しなければならない。長官もそうでしょう」

鈍牛のように体を動かし、うなずいたプラウズが同時に口を開く。

「火星へ行ってくれ。だが、その前にやることがある」

プラウズの険しい表情の中で一瞬だけ目が輝いた。

「なんでしょう」とポートマンが反応したとき、全船に声が響いた。

「おじさんたち、聞こえるかな。協力してくれてありがとう。そのお礼といったらなんだけど、一つ提案があるんだ」

「おいおい、このプリアモス号もレスターに支配されているのか？」とベルトン所長が呆れた顔をして独りごちた。

「もう、我々は彼にやられっぱなしですな」とポートマンが苦笑する。この場で今の呼びかけに答える義務を負うのは自分であることを思い出し、ポートマンは、「提案とは何だ？　レスター」と大声を出した。

「これからぼくはりゅう座のシグマ星系に行こうと思っているんだ。もし希望者がいれば、同行させてあげてもいいよ。でも、約十九光年離れているから長旅になるし、生きて帰れる保証はない。誰かいるかな？　そもそもアステロイド・ワンは人間向きに作られているし、生命維持機構は万全だし、希望者がいれば連れていくよ」

　シートに座っている幹部連中が突拍子もない提案を聞いて顔を見合わせる。中には無邪気な内容に笑みを浮かべる者もいる。

　そこへ、あわてて近づいてきたのがレスキュー隊のウィル・タケモト大尉だった。

「はい！　ぼくが希望者です」と言いながら、ポートマンに合図を送っている。

「本当なのか？　ウィル。君はまだ若いとはいえ、往復だけで四十年以上かかる長旅だ。太陽系に帰れる保証はないんだぞ」

　こんな無邪気な提案に呼応する人間がいたことに、ポートマンが驚いている。しかも恒星間旅行の志願者は直属の部下だった。

そこへ、「私もいいでしょうか」と女性の声がした。近づいてきたのは、サンドラ・コールマンだった。サンドラの後ろには上司であるフィリップの驚愕した顔があった。

「それだけ？」という少年の声がした。

「今のところ二人だけのようだな」とポートマンが答える。そして、プラウズやベルトンに向かって意見を求めるように目線を送った。それに気づいたベルトンがプラウズの肘をつついた。なぜなら、この場でMJSU政府を代表できる高官は彼だけなのだから。

プラウズは少し考えたあと、「やめたほうがいい。私に今、MJSUを代表する権限があるのなら、許可はできない」と言った。

「どうしてですか。ぼくは恒星間旅行に出るのが小さいころからの夢でした。こんなチャンスはもうない。必ず戻ってきてアンセスターの先進文明を人類に伝えます。ですが、万が一、帰れなくても後悔しない」

ウィル・タケモトが抗議する傍らで、サンドラ・コールマンも政府高官に言葉を投げる。

「私もです。必ず戻り、アンセスターの知識を持ち帰ります。レスターのやろうとしているのは科学的探査です。しかも人類史上かつてない大発見をする可能性が高い。

科学者だったらこんな機会を逃せないはずです！　そうですよね、フィリップ」

　後ろに立っていたフィリップは、突然話を振られて体を硬くした。確かにこんなチャンスは二度とないだろう。もし事情が許せば自分だって心が動かないこともない。

「ＩＭＣの謎、アンセスターの謎、超高度テクノロジーの謎が一気に解明される可能性が高い。そこに人類が生きて立ち会うことができれば、それはすごいことです。長官、ここは許可したほうがいいのではないでしょうか」

　フィリップがそう言うと、ベルトンもうんうん、とうなずいた。見回せばこの場を取り巻いているほとんどの人間たちは二人の旅立ちを後押しするような表情を見せている。

「勝手にしたまえ。その代わり、何が起こってもＭＪＳＵは責任を負わない。それでいいな？」

　プラウズがそう言うと、レスキュー隊の大尉と若い女性科学者の顔が明るくなった。

「話はまとまったようだね。シャトルでこっちへ来れば受け入れるよ。すぐに準備して欲しいな。ぼくも早く出発したいからね。フレディおじさんがうるさいんだもの」

　小惑星からの声が響く中、最後に出た名前に敏感に反応したのはプラウズだった。

　一瞬だけ目を大きく開いたが、元の仏頂面に戻り、頭の中で発生した思惟をすぐに消滅させたようだった。

たった今、初めて顔を合わせた二人の男女は、プリアモス号の発着ポートでまるで結婚式のような送別を受けたあと、シャトルでアステロイド・ワンへ戻っていった。

そんな中、ＣＩＣではプラウズがポートマンを傍らに呼びつけ、アッカーソンから渡された円筒形の小型装置を示して説明していた。

「ここがアンテナ端子だ。これをブースターを介して接続し、外部の指向性アンテナをアステロイド・ワンに向けろ。私が合図したらボタンを押せ」

「これは……」

装置を見せられたポートマンが言葉を失っている。

「携帯型反物質爆弾の起爆装置だ」

「それでは、あの二人は……」

「だから私はさきほど止めたのだ」

「しかし……」

「できないというのか。命令だ」

このやり取りを隣りで見ていたベルトンは、レスター・プラウズという男の非情さに改めて恐怖を感じた。

《33》

「長官！　それは止めてください！」と叫んだのはリディア・オルストン中尉だった。夢と希望に震えながら旅立っていった元同僚が、反物質の解放するエネルギーで一瞬のうちに蒸発してしまうことにはとても耐えられない。その隣りではジェフリー・ワタナベも長官を睨んでいる。

ＣＩＣの中には自分のやろうとしていることに反対する人間が多いことを悟ったプラウズは、警備隊を大量に呼びつけ、銃で彼らの動きを封じ込めた。そしてＣＩＣを封鎖し、一切の外部への通信を遮断させた。

ＣＩＣからはプリアモス号をコントロールできるほか、あらゆる観測が可能だったが、今や武装人員に占拠され、多数の銃口に威圧されて息苦しい雰囲気が漂い、通信や観測、航法制御パネルの前に座っているクルーたちは、事態の推移を沈黙して見守るしかなかった。

フィリップはというと、どうしたらいいのか必死に考えていた。プラウズに起爆を止めさせることは、実力行使以外の方法では不可能だ。言葉による説得はありえない。しかし、警備隊がプラウズを守っている以上、なすすべがない。

サンドラとはもう数年にわたって一緒に研究してきた。彼女は純粋で優秀な科学者だった。宇宙物理学以外に興味を示さず、ひたすら研究に打ち込んでいた。そんな彼女をフィリップは全面的に信頼していた。まさかこんなところでその死を目撃することになるのか？

なんとしてでもプラウズを止めなければならない。今、起爆装置はポートマンが持っている。それをじっと睨んでいると、プラウズ長官に気づかれたようだった。真っ先にアステロイド・ワンの破壊に反対するはずのフィリップが、さっきから沈黙していることは不自然だ。

プラウズがポートマンから起爆装置を取り戻し、大事に握ってシートに座る。その様子を眺めながら、フィリップは考えていた。起爆装置を奪うか破壊するしかない。だが、そんなことをすれば破滅が待っているだろう。火星に戻ってエミリアと暮らすこともできなくなるに違いない。

ネガティブな考えが押し寄せてくるにもかかわらず、フィリップは自分がとるべき行動について確信していた。プラウズが一瞬だけ気を逸らした瞬間、フィリップは起爆装置めがけて数メートル跳んだ。そして二人はしばらくシートに横たわってもみ合った。

「何をするんだ。フィリップ！」

小型の装置を守るプラウズの腕組みを、フィリップはふりほどこうとして組み付く。

しかし、その体が反転して床にうつ伏せになったので、装置を奪うことができない。すぐに警備隊数名が取っ組み合いに加わった。あっという間にフィリップは長官から引き離され、羽交い締めにされてしまった。

「その男を拘束しろ。だが、手荒に扱うなよ。彼にはまだ使命がある」

二人の男は肩で息をしながら会話する。

「使命？　それは一体なんですか。ＩＭＣはもうない。研究データも奪われた。すでにアンセスター文明との縁は切れている」

「それは勘違いだ。いずれわかるだろう」

プラウズが航法パネルを眺める。すると、アステロイド・ワンから五十キロ程度の距離があることがわかる。

「まだあの二人はアステロイド・ワンに到着していないはずだな。起爆する」

プラウズがそう宣言をして、起爆装置を目の前にかざす。さすがに二人の若者を巻き添えにすることはなるべく避けたいようだ。銃口で脅されたクルーの一人が接続コードを差し出してプラウズに渡す。それがプラグに差し込まれ、上部のボタンがいとも簡単に押された。

「観測しろ。アステロイド・ワンはどうなっている？」

プラウズの命令を受けて、クルーが宇宙空間を観測する。しかし、五十キロ先では何事も起きなかった。以前と同じような平穏な宇宙空間が広がっている。

「どうした。なぜ起爆しない！　電波は発信されているんだろうな」

「はい。確かに起爆信号はブースターで増幅され、発射されています」

観測クルーが３－Ｄディスプレイを確かめながらそう言う。

その隣りのレーダーや光学観測を扱うクルーが、「アステロイド・ワンが見えません。消滅しました。ただし、その前の爆発は確認できませんでした」と叫ぶ。

「なんだと？　消滅した？」

うろたえるプラウズの近くでベルトンが立ち上がった。

「あれかもしれません。例のやつ。つまり、ステルスモード……。もう電波は通じません。近くにいるはずのシャトルも同じでしょう」

「観測班、アステロイド・ワンの消滅は確かなのか」

「そのようです。あらゆる観測法にも引っかかりません。近くには木星しかないようです」

「くそっ！」と全身から怒気を発して、プラウズが起爆装置を床に叩きつけた。

フィリップは内心ほっとした。アステロイド・ワンはまだ同じ場所にいるかもしれない。プラウズの言葉をすべて疑っていたレスターのことだ、プリアモス号からの攻撃を予期してステルスモードにしたのだろう。一瞬の隙はあったが、警戒を緩めなかったレスターの勝ちだった。

しかし、プラウズは自分が負けたことが判明しても「ふん」とふて腐れた笑みを浮かべていた。

「火星へ急げ、そこでまたＩＭＣの研究を開始するぞ。フィリップ、今のことは不問に付す。だから研究を再開してくれ」

いきなり意外で前向きなことを言い始めた長官を、フィリップは信じられない思いで見つめた。

「警備、彼の拘束を解いてくれ。もう無意味だ」

その言葉によって、後ろ手に拘束バンドをつけられていたフィリップが自由を取り戻した。腕を振ったり肩を揺らしたりして、体に残っている窮屈な感覚を振り払う。

そして、長官の意外な言葉の意味を追及する。

「ＩＭＣの研究？　何を言い出すんですか！　もうすでにＩＭＣもなければ研究データだって奪われてしまった。どうするっていうんですか」

「ＩＭＣだったらもう一台確保している。それは火星にある」

「なんですって？」

そういえば、レスターはＩＭＣが複数台あるようなことを言っていた。

「しかし……、今まで積み上げてきたデータがないと、また最初からということになります」

「それも大丈夫だ」

プラウズがニヤリと不気味に笑う。そして、ポケットから人間の頭髪のような柔らかい塊を取り出して見せる。大量の白髪が固まったような物体だ。白髪の太さは数ミクロンくらいしかないようだった。一部の繊維は手から数十センチ垂れ下がり、わずかな空気の動きに敏感に反応して揺らめいている。

あれは……。人工ニューロンの束……。フィリップの推測は正しかった。

「スパイの脳から取り出したAIだ。ここにはIMCの実験データが記憶されているはずだな。これは君がレスキュー隊に話したことだ。だから知っているはずだ」

自分の部屋でスパイに強要されて、確かに実験データのすべてを渡した。しかし、そのことはレスキュー隊に言っただろうか……。エミリアのことで動顚していて、話したかどうかの記憶が定かではなかった。もし話していないとすると。

しかし、これ以上長官を追及することは危険だと思い、疑問を飲み込んだ。第一、証拠がない。こんな謀略の専門家を相手に勝てるわけがない。

アステロイド・ワンを破壊して部下を死の危険にさらそうとしたのは許せないが、失敗に終わった。まんまとレスターたちはさまよえる小惑星となって自分たちの興味に従い、広大な宇宙空間へ旅立っていった。その事実が何よりもフィリップを安心させた。

「我々もＩＭＣの使い方をマスターしてアステロイド・ワンを追いかけるぞ」

科学者の好奇心を十分に刺激するその言葉に、本心だろうか、とフィリップは疑った。だが、ＩＭＣとデータがあれば、また実験は再開できる。再び研究が可能だとわかると、心が晴れてくるのを感じた。こんな目に遭った直後だというのに……。自分もやはり変人の部類に属する科学者なのだろうか。そんな思いがフィリップの心に渦巻いたが、プラウズに対する答えは自然に出てきた。

「わかりました、長官。また研究を再開しましょう。ただ、少し時間をください。娘と過ごす時間が欲しいのです」

「よかろう。火星でしばらく休息したまえ。私も今回の件では命をすり減らした。休暇をとる」

レスター・プラウズ長官はそう言い残すと、プリアモス号のＣＩＣを出ていった。

そのあとを、リュック・ベルトン所長も追った。

フィリップはシートにいるジェフリー・ワタナベに向かって、「君も休め。長くてつらいアクシデントだったな。ご苦労さん」と声をかけた。

「数日間寝て過ごします。骨休めをしますよ。フィリップも休んでください」

「ああ、そうするよ。そうだ、報告書を書くのが大変だ。君にも手伝ってもらいたい」

「もちろんですよ」

二人の科学者は並んで船室のほうへ歩いた。こうして、後にイシス・アクシデントと命名された出来事は幕を閉じた。そしてこのイベントは、人類が太陽系内に安住する時代の終わりを告げるものだった。

エピローグ

2279年
火星の衛星軌道～ハビタット3ステーション

心臓の鼓動が速まり、手の指やひざが小刻みに震えていた。父親から突然送信されてきたファイルを読み終わったエミリアは、大きく目を開いたまま、しばらく動けなかった。同時に内容を追っていたAIのキャロラインも、自分が埋め込まれている体の生理的変化が何を意味しているのか理解しているようで、ずっと言葉を飲み込んでいた。

九年前に父親に起こったことの詳細がわかると、エレメンタリースクールに預けられていた当時の記憶が、エミリアの脳裏に鮮明に浮かび上がってきた。

火星軌道のステーション住まいをしている人間たちは、たいてい宇宙開発や研究機関に勤めているため、長期間にわたって家族と離れて暮らすことが多く、子供たちはエレメンタリースクールに預けられる。そんな子供たちに交じってエミリアも一年を過ごしていた。

ある日、カーキ色のスーツを着た男たちがそこへ押し寄せてきて、自分を指さした。何か悪いことでもしたのだろうかと不安になったものだった。

それ以降、女性が多かった先生の中に、二人の若い男が加わり、エミリアに付きっきりになった。だが、付き添いは一週間で終わった。

そんなことがあったものだから、周囲の子たちもエミリアを特別な存在と思い込んだ。そもそもエミリアは他の子よりも利発で、喧嘩をしても負けることがなく、相手を泣かせてしまうことがしばしばあった。よく大人たちに叱られたが、エミリアが論理的に相手の子の瑕疵《かし》を指摘するので最後は先生も説得されてしまう。手に負えないとエミリアを避ける先生がいる一方で、積極的に話しかけて、年齢に不相応な教育を施そうとする先生もいた。

良くも悪くも、エミリアは目立った存在だった。その傾向は成長しても変わらなかった。というよりも成長するごとに強くなってきたといえる。ハイスクールに所属する現在、エミリアは身長百七十センチのしなやかな体を持つ、誰が見ても美形な大人の女になっていた。しかも学校の成績は常にトップで、来期からは飛び級で大学に編入することが決まっている。専攻は宇宙考古学だった。周囲の男子学生たちから見れば、エミリアはすでに手の届かない高嶺の花で、女学生たちからは嫉妬され、たびたび孤独を味わう場面もあった。

そんな自分の特殊性については、幼いころから自覚していた。父親の仕事先が先端科学技術研究所という点。母親のことを尋ねるといつも父親に口を濁されていた点。母の写真すら残っていない点。太陽系に残るアンセスターの遺跡の研究が続いていること。時々、アンセスターの詳細な生物学的知見が発表されること。そういった情報を総合すると、エミリアは自分がアンセスターなのではないかと、ふと思ったことがある。それはつい最近のことだ。だが、そんなバカなことがあるかと否定し、忘れていた。

しばらくの出張と聞いていたので、父親からメッセージが届いていると知ったときは、帰ってくる日を教えてくれるのだと思った。それが、自分の出生の秘密を暴くMJSUの公的文書だったとは……。

「落ち着いた？」

キャロラインの声がして、茫然自失状態だったエミリアの目の視点が現実の空間をとらえた。

だが、まだ言葉が出ない。

「脈拍75、アドレナリン血中濃度120pg／ml、ノルアドレナリン血中濃度420pg／mlまで下がったわ。落ち着いてきたようね。驚天動地の情報が押し寄せてきて、さすがのあなたでも混乱してしまったのでしょう。でもよく頭の中を整理して。大丈夫だから。あなただったら対処できる。それだけの能力はあるはず」

「ありがとう、キャロライン。それにしても……。なぜ今なの？　お父さん……」

「それに関しては、添付されている人格シミュレーションに聞いてみるといいかもしれないわ」

「人格シミュレーション？　そんなものが来ているの？」

「ええ。視覚機能つきの大きいファイルよ。走らせる？」

「もちろんよ。普通のメッセージじゃないのが気になるけど……。キャロライン、PQC《量子コンピュータ》に転送して。３－Ｄで見たいから」

「了解」

　デスクの上で人格シミュレーションが像を結び始め、身長二十センチほどのフィリップが３－Ｄディスプレイの中に現れた。

「エミリア、久しぶりだな」

　光によって造形された父親がそう言うと、エミリアの両目からは自然に涙がこぼれた。さっきから心の中にわだかまっていた感情や思いが抑えきれなくなっていた。だが、真実を告げるファイルを送ってきた父を前にすると、何を言ったらいいのかわからなくなる。

「お父さん。私……」

「最初に謝っておく、すまなかった。このことを今まで隠していたことを許してくれ。私はお前に伝える時期を必死に考えていた。おそらくもう大丈夫だろうと確信したのは三年くらい前だ。そのころから私はファイルや人格シミュレーションを用意していた」

「お父さん、覚えている？　私を地球へ連れて行ってくれる約束。私は自分の故郷が地球だと思っていた……。でも、それは間違いだったのね」

「そうだ。お前はアステロイド・ワンで生まれた。そして、今のところ、あの小惑星は所在不明だ。エミリア、辛いかもしれないが、現実をしっかりと受け止めてくれ」

「私は……、私は……、この世界に生まれてきてよかったの？」

　血縁はないとはいえ、十五年間育ててきた最愛の娘からそんな疑問をぶつけられて、フィリップの表情は曇った。

「どうしてそんなことを言うんだ」

「だって。私はアンセスターの母星をアセンションさせて消滅させた人なのでしょう？　そんな罪人が、また五億年後にこの宇宙に生まれてきていいの？」

「いいか、エミリア、母星のアセンションというのはフレデリック・アグニューの仮説にすぎない。いや、仮説というよりも妄想だ。それに、仮にお前のゲノムを持ったアンセスターが五億年前に母星を消したのが事実だとしても、お前にはまったく関係ないことだ。まったく違う存在だ」

「そうかしらね……。そうは思えない」

「らしくないな。比較的簡単なことだと思うが」

「あまりな内容に驚いてしまって、まだ冷静じゃないと思う。正直いって、私は自分がちょっと普通の人間とは違うと感じていた。でもそんなことはないと思い込もうとしていたの。だから、本当はショックは大きくないかもしれない。でも……、どうして今なの？　今こうして……」

「それは……、すまん、エミリア……」

「謝ってばかりなのね、お父さん。レスターにもさんざん謝っていたものね」

動揺がおさまらないエミリアだったが、その表情には少しばかりの笑みが浮かんだ。

それを見てフィリップの人格シミュレーションが顔をうつむかせて沈黙する。

「どうして？　なぜなの？　なぜこのタイミングで」

再び問いかけられ、フィリップは顔を上げた。実物とは違って縮小された顔だったが、そこには深い悲しみが刻まれていた。その様子を見て、エミリアはただ事ではないと感じる。そのフィリップが言いにくそうに訥々《とつとつ》と話し始めた。

「私は、数日前からIMC実証船であるフリートウッド号に乗り込んでいる。我々はこの十年の研究で、いくつかのブレイク・スルー技術革新《ブレイク・スルー》を経験し、アンセスターのゲノムがなくてもＩＭＣの起動を可能にした。実用化にも目途がついた。これはＩＭＣを起動して準光速船を運用する初めての試験だ。そして、今回送信したイシス・アクシデント報告書とこの人格シミュレーションはその前にしかけておいた。つまり、サーバーにアップされた二つのファイルは、私のアクセスがないと自動的にお前に送信されるように……」

そこでエミリアの目が大きく開かれた。二つのファイルが自動的に送信されてきた意味。エミリアの心臓がまた鼓動を速めてきた。一回目は自分のことだったからまだなんとか抑制が利いた。だが……。

「それって、お父さん……。それ以上言わないで」

「立て続けに申し訳ないと思っている。だが、これも事実だ。私は現在、何らかの理由によって脳ＡＩへの命令を介してサーバーにアクセスできない状態に陥っているはずだ」

「お父さん！」

「エミリア、しっかりと聞いてくれ。ＩＭＣという怪物と、私は十年以上にわたって格闘してきた。そして、なんとか手なずけることができたと確信し、宇宙船に載せて実証実験に臨んだ。おそらく、今の私の身に何かが降りかかっている。しかもＩＭＣが必ず関係している。ＭＪＳＵはＩＭＣを隠したまま、フリートウッド号の事故として公表するだろう。だが、お前には真実を知って欲しかったのだ」

その言葉が終わらないうちにエミリアはベッドに泣き崩れていた。ミディアムブラウン色をした長い髪の毛が乱れて背中を覆い、激しく小刻みに上下していた。「どうして……、どうして……」という声を押し殺しながら、握ったこぶしをベッドに叩きつける。その嗚咽がおさまってくるまでに長い時間がかかった。

やがて、泣き腫らした顔が上がり、その目を手の甲が拭う。はなを啜りながら上体を立て直したエミリアの前には、まだ父親のホログラムが立っていた。

「お父さん。私はどうしたらいいの？　もうあなたに会えないなんて信じられない。この宇宙で私は一人になってしまった……。人類の母星として夢見てきた地球だって、私には関係がなくなった……」

「お前だったら大丈夫だ。しっかりとこれから先、生きていける。自分を信じろ。当面はフレデリック・アグニューを頼ってくれ。彼には話をして、承諾を得ている。宇宙考古学に進むお前にとって、彼はいい先輩になるだろう」

「私、今思った。アンセスターの文明が憎い。こんな悲劇がもう起こらないようにしたい。できればアンセスターのテクノロジーを宇宙から消滅させたい」

「それは無理だな。お前が専制君主にでもならない限り」

「だったらアンセスターの文明を完全に理解して正しい使い方ができるようにしたい」

「そうか。お前だったらできるだろう。これからはお前の時代だ。自分の信じる通りに行動して欲しい。私からのメッセージは以上だ。エミリア……、愛している。一人で放置することが多かったし、約束も果たせなかった。ろくな父親じゃなかった。どうか許して欲しい」

フィリップのホログラムはそう言い残すと消滅した。わずかに光の余韻を残す3－Dディスプレイを見つめながら、エミリアは再び一筋の涙を流した。

「私も愛している、お父さん、さようなら……。今までありがとう」

いつの間にか開いていたウインドウからは、火星の青い海原が光沢のある照り返しで滲んでいるのが見えた。

上層の薄いオレンジ色をした大気をかすめて、一隻の大型船が、煌めくバックファイアを曳きながら飛翔する。目の前に広がる平和で日常的な、ありふれた宇宙の光景の裏で、フリートウッド号の中で起こった悲劇が目に浮かぶようだった。今度ばかりはアクシデントの報告書を作ることができない父親の無念を想うと、また涙がこぼれてきそうになったので、エミリアはしっかりと目を閉じた。泣いてばかりいられない。自分にはやることがある。

了

本作品は、二〇一七年八月、弊社より刊行された単行本『太陽系時代の終わり』を加筆・修正し、文庫化したものです。

本作品はフィクションであり、実在の人物・団体などとは一切関係がありません。

文芸社文庫

太陽系時代の終わり

二〇二二年二月十五日　初版第一刷発行

著　者　六角光汰
発行者　瓜谷綱延
発行所　株式会社　文芸社
〒一六〇－〇〇二二
東京都新宿区新宿一－一〇－一
電話　〇三－五三六九－三〇六〇（代表）
〇三－五三六九－二二九九（販売）
印刷所　図書印刷株式会社
装幀者　三村淳

ISBN978-4-286-23426-7